# 閒話開卷

子聰 著

文匯出版社

# 序一：写在文坛的边上

邵建

不清楚什么时候知道《开卷》的了。最早应该是十多年前，在南京云南北路上的凤凰台饭店认识它的。记得一楼接待大厅拐进电梯口的显眼处，桌上就放着《开卷》。我想来往者都会好奇地拿上一本，因为它是免费自取的。当年江苏文艺出版社等都在凤凰台大楼里，凤凰台饭店本身就是江苏出版集团盖的。因此，这个宾馆来往者文人墨客自然多。我估计很多人就是这样认识《开卷》（至少我自己是这样），而《开卷》又这样随着来往者被带到四面八方。自第一次以后，只要是到凤凰台，我都会主动找《开卷》。只是不知道现在凤凰台是否还保留了这个传统，因为我不去那里也有若干年了。

不过，这几年我已不需要到凤凰台才能读到《开卷》。蒙董宁文先生好意，我已经能够按期收到。这是一册"沙发读物"，阅读它的姿态，仰、躺、靠、敧俱可，适意就好。它的分量很轻，薄薄的小三十二开，没

I

有专门的封皮。让我想起二十世纪六十年代中华书局的连续出版物《中华活页文选》，那是一个品牌。当然，《开卷》不比《文选》，后者是古文经典，《开卷》却写在文坛的边上。这是一种自带边缘的小册子，在阅读品种繁多的今天，不读它并不缺什么。但，一读，你却会感到和风拂面，口舌含香；而且是在不经意间。我读《开卷》，往往是找休息时，因为这时候的心情或心境与《开卷》匹配。它走的是由民国发端的白话小品文路线，以书为核心，由书而人而事而其他。读来轻松，也很惬意，时或还有淡淡的沉思。

以文会友，《开卷》是一个文人雅集的平台，汇聚了当今文坛上老中青三代人（老者如屠岸，已经九十五岁）。文人在一起，自成江湖；"横竖是水，可以交通"。《开卷》带有同人性，文人之间没有摩擦，反而是以文唱和，彼此相长。一派其乐融融之象，有似当年北平的京派（京派偏传统，海派更现代）。我读那些文人过往，或旧雨新知，常常会心。也读那些序跋，同为握笔人，往往觉得序跋文字有时比正文更本真。当然，每期《开卷》都必有作为《开卷》之跋的"开卷闲话"，它出自编者，更像是编者不定期的工作日志。虽然记录的不过是文坛上惯见的书赠往还，还有各种座谈和活动行踪；

雪泥鸿爪，它实际上就是《开卷》的事记与编年。虽然闲话每期都在卷末，但我想，每一位读者都难以忽略它。

我最近收到的《开卷》是第十九卷第四期，想来这本小册子应该是第十九个年头了。这是一本纯粹的民间刊物，它和二十一世纪一道起步。我不知道它的经费来源，它也不发稿费。除了寄赠，亦无有任何发行。但就这样，它却持续了十九年，慢慢有了名气。十九年，一个儿童会变成一个大小伙子，但一个人又有几个十九年呢？又有几多人能十九年如一日编一本小册子，以至让它成长为一个民间品牌？

编者董宁文先生将自己的"开卷闲话"辑为一册，即将出版。我与他未曾谋面，近日托序于我；我没找到拒绝的理由，于是就有了以上。

二〇一八年四月十四日

# 序二：说几句闲话

韩石山

民刊这个词，听起来怪怪的，不做刻意的挑剔，倒也名正言顺。

这些年，我见过的民刊不能叫少，觉得最契合这个"民"字的，还要数董宁文先生编的《开卷》。一是素净，表里如一。白白的封面上，黑黑的两个字，恰如一张苍白的书生的脸面。二是单薄，纯粹。封面和内文，满共一个印张，从印刷上说，薄到不能再薄了。薄归薄，里面的文章，没一篇是应付的，凑数的，这就是纯粹了。再一个显著的特点，是悠长，换了个东家，什么都没有变，仍是起初的样子，仍是董宁文这个人在编着。

这只是表象，最让我佩服的，是董先生的办事精神。简略地说，就是该怎么，就怎么办。这要对比着说。我见过的民刊，有的封面之讲究，堪比官刊。对不起，要与民刊对应，只好杜撰了这么个名字。改为公家刊物，似乎也不好听。这样的民刊，多半难以长久，几期后就不见了踪影。《开卷》不同，纵然花老板的钱，也要细水长流，唯其如此，才能一期一期地出下来，出了二十年，还在出着。更妙的是，南京出不成了，移师天津，照样出个不亦乐乎。

如果该怎么办就怎么办，只是节俭，那就不必我来说道了。我说的该怎么办就怎么办，暗含的另一层意思是，该阔气的时候也能阔气起来，一点不比官家的差。

我的书柜里，齐胸的一个格子里，和别的书在一起，插着两本书。一本是王稼句先生的《怀土小集》（上海辞书出版社，二〇一六年八月版），一本是子聪先生的《开卷闲话序跋集》（人民日报出版社，二〇一四年八月版）。这两本书，都是作者送我的。

说到这里，我要说件我的缺德事儿。我买书，重在实用，就不说了。朋友送的书，若品相不好，多半是放在后面一间小屋的书柜里。多了，移到地下室。再多了，自有再多了的办法。这两本小书，以内容论，也该做如上处置，何以多少年了，还摆在那么显眼的位置？

不是我跟两位作者的感情有多深，实在是这两本小书印得太精致，太典雅了。放在那儿是想着，什么时候有编辑来家里，谈出书的事儿，万一人家格外心善，问我想出成什么样子，我好一起身，能将这两个样本取下来让人家看看。

究竟怎么个好，空口无凭，且引用流沙河先生的一个说法。

《开卷》的系列丛书，过上两三年就会出一辑，出版社似乎不固定，某一辑是在青岛出版社出的，名为"大家文库"。收有流沙河先生一本，叫《夜窗偷读》。新书送到府上，装帧和印制，都很精美，老先生见了甚为欢喜。某日送给龚明德先生一册，特意在扉页上写了一句话，道是："明德先生，予所著书，唯此书装帧最好，害怕不配。"后来大概龚明德想将此册转赠董宁文先生，以表彰他的劳绩，流沙河先生又在有他头像的一页上写道："明德以此转赠董宁文先生，感谢董君为编辑拙著费尽苦心。"（见《开卷闲话序跋集》第二一七页）

说到这里，我要插几句闲话。为"闲话"写序，插几句闲话该不犯忌。上面我说，流沙河先生的书，名叫《夜窗偷读》，实际上是不确的。我拿上放大镜，将那个印在书上，缩小了好多的扉页看了一下，发现真实的书名，当是《晚窗偷读》。印在董先生的书上，肯定不是流沙河先生的错。还有，上面引用的流沙河先生的第二句话，原话不是我抄的样子，原话是："明德以此转赠董宁文先生，感谢董君为予编辑拙著费尽苦心。"我将手迹中的那个"予"字删去了。道理是，既说了"拙著"，就不会是别人的书，那个"予"字，累赘而拗口，当是流沙河先生一时的笔误。

好了，回过头来，仍说《开卷闲话》。两重意思都说了，合在一起，我是想说，该简朴的简朴，该阔气的阔气。是董宁文先生的做事风格，也是《开卷》的办刊精神，俱为一种高雅的文化品格。

　　二〇一八年四月四日上午九时写罢，两小时后，就要乘高铁南下回老家为父母扫墓去了

# 序三：可以阅读的《闲话》

许宏泉

　　读书是一件快乐的事。当然，我说的是有封面有内文最好有插图的所谓"纸质书"。头一回听"纸质书"时不禁一愣，过去我们都说"看书"，这是一种日常，日常的东西鲜少有人专门去着重提及。当我们专门拎出某个词时，这个词就不再是"日常"，因为当下流行与"纸质书"对应的是"电子书"。前些时，见到一段手机上传阅的文字，说手机"消灭了电话，消灭了电视，消灭了相机，消灭了书籍……"听起来真有点可怕。那么，不久的将来，"纸质书"也会像竹木"简牍书"那样成为文物吗？

　　阅读"纸质书"，那是一种怎样的体验？目光轻轻地抚过温暖的纸面，喜怒哀乐在双手的摩挲中激起律动。我常羡慕古人，不说宋版，哪怕是明清时代的书卷，纸质细腻，文字有型，一卷书，一瓯茶，"窗明几净，开卷便与圣贤对话"。真天壤间第一快乐也。这种快乐，也让人天真。于是，我们也总天真地以为这样的"快乐"会是永恒的唯一的存在，这，大概是每个如我一般的读书人的念头。

作为一个曾经的"出版人"，当我看到书的印数越来越少，还见一些数据分析说现在买书的人大多是为了"收藏"，或装点家居，想到曾火热的"出版业"如今竟需要"收藏热"来带动，与"读书"的本质越来越远，不觉得有点失落，有点怆然了。

简捷的阅读方式，不容置疑地动摇了传统阅读方式。在地铁上、公园里，在各种场合，都可以见到这种现代方式的阅读情景……我们不曾想过，阅读可以从"纸质"转为"屏面"或"有声"；不曾想过过去需要很花心思才能找到的书籍，今天可以在网络上一点即得；更不曾想曾辛苦搜罗的需用一整间屋子堆放的资料，都可以浓缩进一个巴掌大的电子书阅读器里。

这样的一些"不曾想"，让曾经那么喜爱书籍的我们有点……失落？惆怅？不是的，我想，其实是有点"不知所措"。我们对"纸质书"投入的"爱"太深，我们怕她会被取代、会消失。在这种爱与怕的作用下，有的人，会不顾一切地批判"电子书"和现代阅读方式，希望用"唱衰对方"的手段来反衬自身的优越,这样的做法有一定的效果,但显得狭隘和不高级。

真正的爱,是包容的,是允许进步(不可否认,技术的革新在打通地域、阶层等学习屏障方面做出了极大的贡献)又兼具情怀的,是感受到"危机"却又能以君子之风有所为的。

董宁文便是这样的一个人。用他自己的话来说,他不是做"伟大事业"的人,但,当你期待的《开卷》一期一期地印了出来,做到两百期,还在继续做下去,默默地坚持和坚守又是多么不同寻常!当年的那些作者和读者,随着时间的推移陆续地悄然离去,一批又一批新的作者和读者又继往开来,何尝不是一种欣慰呢!《开卷》也许真的不是"大众"的,但却有一群真爱书爱读书的人在与她执着地坚守着,共同呵护着,这就是以真爱的名义聚集的力量。对《开卷》评论已经很多。想起我头一回见到她,是在南京的"新文人画家"刘二刚先生家,一见倾心!在一个繁缛浇漓的文化消费时代可以将刊物做的这么清新朴素干净,真是别具一格。回到北京,又在黄永厚先生家与她邂逅,黄老见我爱不释手的样子,就理出一大摞让我抱了回来,上面还有老爷子圈圈点点的许多批注,我一并被这种旧时的阅读行为感动了。

《开卷》的最后几页是"闲话",说是主编的"手记"也可，各种相关的记录，与作者、读者的互动，文字简洁，内容丰富，用现代的话来说，信息量很大。与其说它契合了这个时代的阅读方式，不如说它开辟了一个新的可以阅读的形式，而较之多晴楼的《秀州书局简讯》和我主编的《边缘·艺术》之《编辑档案》，《闲话》则更倾向"中立"，编写者"立场"悄然隐退，让读者可以轻松愉悦地参与其中，考察审视写作和阅读的"动态"与文化的审美取向。

说来也巧，写这篇文字的时候正是"世界读书日"，对于书籍的出版和读书，我并非悲观主义者，将其放入宏大的历史潮流去看，"新事物"的出现，并不会取代真正有意义的"旧事物"，而往往会成为推动"旧事物"成为"经典"的主要因素。在信息化高度发达的今天和将来，纸质书籍也断然不会灭亡，真正爱书的人，会守护她。我相信。

像《开卷》或《开卷闲话》这样的读本，便是一种积极正视阅读式微的现状并做出的极妥善而温馨的努力。它是小众的，是精致的。生活需要这种精致。忆我少年时代，努力地去读名著、巨著，为什么说是"努力"，说真的，那时候真的是硬着头皮吃力地去"研读"，像饥饿的苦力汉渴望饱食，饥不择食，囫囵吞枣，根本不知道美食的滋味，享受咀嚼的快感。随着年岁的增长，口味愈来愈偏淡，食量自然偏少，渐渐知觉到阅读的乐趣，经世致用的意识渐渐淡化，这倒也是自然规律吧！然而，对于《闲话》这样的文本，并非只适合"中老年阶层"的口味，它的清淡平和非常有机地与这个时代的阅读节奏合拍，这或许正是《闲话》无意识的"超前意识"。闲其情，安其性，对于今天的读书人来说，难道不是一种奢侈？所以，《闲话》之闲，自有她的积极意义，我是十分看好的。

二〇一八年四月二十三日，于留云草堂

# 序四：开卷可闻空谷音

*翁思再*

《开卷》是一本每月无偿邮送读者的同人刊物，迄今持续办了十八年，若干出版社已为之结集，如今文汇出版社又将出版《闲话开卷》，主编董宁文命予撰序以记之。

董宁文谓谁？人称"文化义工"，我则加一头衔"编辑票友"，盖其未列专业队伍，隐于民间以"做书"为乐。《开卷》开本较小，装帧质朴无华，封面和内页用的是同样的新闻纸，有点像以前书肆常见的《中华活页文选》。十八年来董宁文于南京某小巷孜孜矻矻精心打点，每编完一册须亲自写地址贴邮票，去邮局寄向各地，凡五六百本。这五六百个读者形成了他的朋友圈。为了交友和约稿，董宁文经常仆仆风尘于南北东西，拜会文坛大山，谒见学界泰斗，正如孟子所言"吾善养吾浩然之气"，这是做编辑的另一种乐趣。

多年来我在《开卷》里见到过的作者有王元化、黄裳、流沙河、朱正、何满子、钱伯城、俞律、吴小如、鲲西、范用、黄宗江、锺叔河、董桥、陈子善、止庵……为什么这么多"大咖"愿意赐稿这个民间的小刊物呢？人民文学出版社前总编辑、著名诗人屠岸生前致董宁文信云："我有一篇文章《舒芜，其人其事》，附上，我希望此文能在《开卷》上登出，请您审阅。对舒芜此人的评价，牵涉到大是大非问题，不能打马虎眼，因为，历史不能歪曲，不能伪造。《开卷》立场公正，我很喜读，也常从《开卷》所登文章中得到启发。"原来民间出版物的工作环节比较简便，使得学者和作家更易发表独立见解。这种存在价值，也是一些企业或机构愿意资助它的原因。

《开卷》在内容上的特点，还在于爬罗剔抉、钩沉故人。有一次我发现有一篇写刘诉万的，不由眼睛一亮，庆幸还有人识得此宝！原来刘诉万是南浔嘉业堂藏书楼主人的哲嗣，音韵学家。三十多年前我拿着俞振飞先生的亲笔信去投访，在他的蜗居里受教。这位圣约翰大学的学子晚年非常低调，以京昆自娱，师事俞振飞，而学术上则备受俞大师倚重。如今很少有人晓得刘诉万了，此番在《开卷》里看到他的名字和事迹，如闻空谷足音。

还有一次，我在《开卷》看到一则《中国国民经济学》的出版广告，作者赫然是"罗章龙"。原来《开卷》不具备广告业务资质，既然不收广告费，那么书页空白处登什么广告，全凭主编兴趣。罗章龙是中共早期领导人之一，可是在"六大"某次全会以后不久，他神秘地消失了。原来他改名隐居，潜心学问，后来成为经济学家。他从一九三四年开始辗转于中西部地区当大学教授，这本《中国国民经济学》就是当时的专著。我对罗章龙尤感亲切，是由于在担任《新民晚报》驻京记者时曾经采访过他。一九九四年，他以九十八岁高龄作为特邀代表参加全国两会，下榻在北京友谊宾馆。通过这次独家报道，我对他二十世纪三十年代初逃离苏区后的行踪有所"揭秘"，并披露了他同《新民晚报》的特殊关系。原来在《新民报》"五社八版"时期，他蛰伏在成都华西坝，投稿日久，就成为《新民报》"成都版"的特邀评论员。他的主要工作是给头版撰写评论，署名多为"沧海"，有时则只署其中的一个字，持续年余。后来我去查阅当年的合订本，果然如此。

罗章龙同志是一九九五年去世的，《新民晚报》由本人执笔写了比较详细的报道。可是此后他又从媒体的视野消失了。这次见到《开卷》展现这位前中共领导人的学术形象，我不禁连呼"《开卷》有益"！感谢它为我们拓宽了信息渠道。

丁酉初夏，于范余馆

# 序五：董狐之笔

郑雷

　　《开卷》行世十八年，刊末记录编读往来的《开卷闲话》也就跟着写了十八年，且先后分为十编结集出版。第十编付梓之际，董宁文先生曾向我征一小序，因事稽迟，未能交卷而书已开印，只得歉然搁笔。自新一编起，《开卷闲话》改称《闲话开卷》，宁文先生旧话重提，再申前令，推托无由，只得勉强应命，搜索枯肠，彷徨斗室，也写不出几句像样的话，私心深以为苦。于是找来以往各编《开卷闲话》的序言，一一翻读，寻求借鉴，却见篇篇神完气足，题无剩义，我只有更加迷茫。"眼前有景道不得，崔颢题诗在上头"，面对同题的高妙篇章，李白尚且束手，何况我辈庸凡。王徽之访戴兴尽可以掉头而返，祖咏应考意尽可以昂然出场，我却不得不在进退两难中张皇失措，想起宋人"只因误识林和靖，惹得诗人说到今"的名句，悄然叹一口气，陷此窘境别无他故，也只因误识董宁文吧。

第一次见到宁文先生，我就形成一种深刻的印象，觉得他总是不断地在外奔走，书展、画展、讲座、研讨会、纪念活动，到处可见他匆匆来去的身影，肩挎的书包里永远装着最新的《开卷》，随时随地取出送人。这种天涯背包客、文化独行侠的作风一直延续至今，从未改变。同样不变的是他一手编印的《开卷》，从编辑方向、装帧风格、基本品质、印张数量、开本大小到发行渠道，都是一副"天不变道亦不变"的架势，甚至于"天变道亦不变"，主办方从凤凰读书俱乐部改为卧龙湖书院再改为问津书院，《开卷》仍是《开卷》。在这个急剧变化的时代，很多人一转眼变得连自己都不认识了，居然还能有这样一种长守故我、气定神闲的读物，无论如何都要算是个奇迹。

　　我逐渐发现，围绕着《开卷》，编者、作者、读者们已经组成了一个相对松散又不失紧密的文化聚落，每个人既是独立的精神个体，又是这个共同体的成员，大家互相取暖，彼此砥砺，既相呴以湿，又相忘于江湖，在读书界形成一种独特的精神聚居现象。《开卷》文化圈构建的过程中，《开卷闲话》起着十分重要的作用。《开卷闲话》，关键在于闲，不正襟危坐、高不可攀，不胁肩谄笑、居心不净，不带功利目的，不设思想禁区，不衫不履，不枝不蔓，一如《开卷》的文风，质朴、明快、简洁、生动、直指人心，背后隐隐透现一种平和中正的理性。

宁文先生早年曾经习画，一笔写意山水具见别才，我曾戏言他是为江山做董狐，至于撰编出版《开卷闲话》与《闲话开卷》，那更是为《开卷》乃至整个读书界做董狐了。中国古代史官有秉笔直书的传统，不溢美，不隐恶，据事而记，无私无畏，《开卷闲话》的用心亦约略近之，是以董狐之笔为现代读书者传神写照，进而为读书界留下真实的历史记录。我翻阅《开卷》时曾发现少量篇章可能存在认识上的问题乃至部分常识上的错误，一时多事，不能已于言，在给宁文先生的私信中略陈管见。事后发现他竟将信的核心内容摘录下来，揭载于后一期的《开卷闲话》。我致电抗议，说本无责备贤者之心，不过是善意的提醒，这样公开示众，未免太不留余地。他笑称《开卷》倡导正常的批评，要我不必多所顾忌。又有一次我对某一辑"开卷书坊"的装帧大为不满，跟宁文先生通信时口不择言地讲了几句刻薄之论，他照样毫无隐讳地收录进《开卷闲话》，雅量与识力令我既惭且佩。"旧学商量加邃密，新知培养转深沉"，不同意见的商榷在《开卷闲话》乃至整个《开卷》

中时时可见，大家都保持着君子之风，就事论事，以理服人，足证一种健康的文化生态在《开卷》群落内部已经自然成形，宁文先生的苦心得到了最好的报偿。

每个人的历史是自己书写的，而《开卷》的历史则由所有参与者共同书写。从这个意义上说，《开卷》的董狐不是董宁文一人，而应当将所有《开卷》的作者与读者都包括在内。我误打误撞在这个圈内走了一遭，深感荣幸之余，仍觉书不尽言，言不尽意，谨集唐为律，聊志因缘，并以就正于宁文先生及诸同好：

凤凰台上凤凰游，（李　白）又泛轻涟任去留。（罗　隐）
岂有文章惊海内，（杜　甫）更无鹰隼与高秋。（李商隐）
为分科斗亲铅椠，（陆龟蒙）醉下茱萸饮酒楼。（谭用之）
开卷固难窥浩汗，（薛昭纬）依稀相似是风流。（孙　鲂）

二〇一八年五月七日，纳粹德国投降七十三周年，"五七指示"诞生五十二周年，戊戌立夏后两日

# 目 录

二〇一六年

# 五　月

五月一日，姚振发从杭州寄赠《晚茶三杯》（文汇出版社，二〇一六年五月版）签名本一册。作者在题为《最后的"晚茶"》的后记中写道：

《晚茶三杯》终于付梓，心中一阵轻松。至此，连同以前的《晚茶一杯》《晚茶二杯》，总算完成了一个没有系统的系列，实现了平生的夙愿。手捧"三杯"，敝帚自珍，岂有不高兴之理？

然而，再三品味，也只是完成了一桩例行私事而已。"三杯"只是发表在《文汇报》、香港《大公报》、《杂文报》、浙江《新闻实践》和《浙江杂文界》等报刊上的搜罗集纳，既无宏大叙事，也没系统学问；更谈不上精辟的见解、独特的文字，真正离一本所谓"著作"，相差远矣！充其量，也只是一些雕虫小技的施展而已。

姚振发，新闻工作者，高级编辑，浙江省作家协会会员，笔名成放等。一九三五年生，二十世纪六十年代毕业于复旦大学新闻系，曾任《大公报》驻北京记者、编辑，《浙江日报》记者、编辑、部主任；退休后曾担任《文化交流》杂志副总编辑多年。

五月四日，收到新出三种四本"问津文库"，一为《水产教育家张元第》（张绍祖编著，天津古籍出版社，二〇一六年三月版）；二为《退思斋诗文存》（陈宝泉原著，郑伟整理，天津古籍出版社，二〇一六年四月版）；三为《碧血英魂——天津市忠烈祠抗日烈士研究》（王勇则著，天津古籍出版社，二〇一六年五月版）上、下各一册。

五月五日，收到孙永庆从山东博兴寄赠的《燕语书林》（上海科学技术文献出版社，二〇一六年四月版）签名本一册。此书分为纸墨余香、书林撷英、书脉传承三辑。

五月六日，南京师范大学陈美林教授寄来他刊发于某刊的《"诗孩"孙席珍教授琐记》复印件一份。本文开头这样写道：

鲁迅于一九二五年一月在《京报》副刊发表了《诗歌之敌》（收入《集外集》）一文，乃应该刊编辑"诗孩"所约而作。"诗孩"为谁何？乃我的老师孙席珍教授。

孙先生于一九〇六年出生在浙江绍兴平水乡，参加过北伐和南昌起义，长期从事文化教育工作，于一九八四年去世。今年为其诞辰一百一十周年，乃写此文以为追念。

五月八日下午，与严晓星、丘石在南通访《开卷》老读者保冠南，不得入其门。据其邻居说，保先生已九十多岁，身体不好，一人居住，耳朵已听不见，每天上午会有家人从另一个地方来照顾他。

稍后，如约再访九二高龄的诗人沙白。

同日，严晓星赠其策划、主编的《现代琴学丛刊》第二辑六本中的《琴学存稿——王风古琴论说杂集》（王风著，重庆出版社，二〇一六年一月版）精装毛边本一册。

《现代琴学丛刊》第一辑已出六种为：《愔愔室琴谱》（蔡德允著）、《古琴演奏法（增订本）》（龚一编著）、《草堂琴谱》（唐中六著）、《海外近代琴人录》（唐健恒著）、《审律寻幽：谢俊仁古琴论文与曲谱集》（谢俊仁著）、《古琴音乐艺术》（叶明媚著）。

第二辑另五本为：《今虞琴刊》（今虞琴社编）、《研易习琴斋琴谱（增订本）》（章梓琴著）、《琴学论衡：2015古琴国际学术研讨会论文集》（龚敏等编）、《古琴与中国文化》（叶明媚著）、《松庐琴学丛稿》（梁基永著）。

五月九日，收到陈大新从浙江临海寄赠的《静处的响声》（浙江教育出版社，二〇一五年十二月版）签名本一册。

陈大新，一九五七年出生，现供职于中国电信临海分公司。获一九八七年全国首届自学成才奖，被评为一九九一年首届全国自强模范。九八级鲁迅文学院毕业，在《散文》、《联谊报》"浙江潮"副刊、《新民晚报》"夜光杯"副刊等发表文学作品八十余万字。有两本个人散文随笔集出版。现为浙江省作协会员。

五月十日，收到张建智从湖州寄赠的《川上流云：中国文化名人琐记》（台湾独立作家，二〇一六年一月BOD一版）签名本一册及由其主编的《问红》春季号（二〇一六年四月）一册。

五月十二日，龚明德从成都寄来一些其主编的四开资料《艾芜资讯》（成都市新都区地方志编委会办公室、《艾芜年谱》编委会主办，二〇一六年四月二十三日印行）并附有《〈艾芜研究丛书〉编印告示》：

一、依托于艾芜故里相关部门的得力支持，已正式出版《艾芜纪念文集》（收六十二位作者回忆和研究艾芜的近七十篇文章，二〇一四年六月天地出版社出版，定价人民币四十五元）和内部印行《艾芜资讯》（前五期为《艾芜故居恢复重建委员会工作通讯》），凡艾芜研究会成员和向"艾芜研究丛书"提供文献史料或投寄个人研究文章的人士，在得知准确邮址后，一律赠送。

二、正紧张修订增补《艾芜年谱》，凡与艾芜有过通讯联系和直接交往的人士，烦请尽早提供自己与艾芜接触的详细情况（最好细化到年月日和具体言行），以便将这些艾芜生命历史上的宝贵史料载入《艾芜年谱》。个人收藏的艾芜书信，敬请提供扫描电子文本，愿意将自己手头的艾芜书信和其他艾芜手迹捐赠给艾芜文化陈列馆的人士欢迎联系，我们将代为转交并出具珍藏和致谢的公函证明。

三、拟编辑出版多卷本《〈艾芜全集〉补遗》和艾芜研究史料的分类辑册，凡提供艾芜集外文字（务请注明详细出处，最好是原刊扫描件和复印件）和研究艾芜之文章的人士，相应的书刊出版后赠送一册。"艾芜研究丛书"也将启动《艾芜词典》《艾芜与他的同时代人》等图书的编辑工作，欢迎各位投稿并予以献策。遵循樊骏前辈的教导，"艾芜研究丛书"主要以多人合集为主，优先采选实证研究（即行文少议论、少发挥和少抒情）的研究文字。

五月十六日，范用先生的女儿范又、许超夫妇二人来南京相约见面，如约与张昌华一道追忆范用、许觉民二老。"开卷文丛"有幸分别在第一辑中出版过范用的《泥土 脚印》，第三辑中出过许觉民的《雨天的谈话》，后又为范用编过《书里乾坤》（青岛出版社，二〇一三年六月版）、《相约在书店》（江苏文艺出版社，二〇一六年四月版）两本书。此次二位到南京，特意送给我们每人一瓶洋酒。范又说，这是他父亲留下的酒，来自他的好友，如今再送给他的朋友作为纪念。许超签赠了他父亲生前所编《走近林昭》（许觉民编，明报出版社有限公司，二〇〇六年二月版）作为留念。

当晚，与王稼句、王欲祥、张元卿、薛国安、金小明等相聚，薛国安赠《半屋琴馀》（江苏人民出版社，二〇一五年十月版）签名本一册。

同日，作家、编辑家、电影艺术家、上海文史研究馆馆员沈寂在上海去世，享年九十二岁。沈寂先生生前曾为本刊赐稿数篇。

五月十七日，收到文先国从江西进贤寄赠的《求鼎斋丛稿》（上海书店出版社，二〇一六年四月版）签名本数册。作者在该书后记中写道：

继《求鼎斋文稿》在北京文物出版社出版之后，时隔三年，这一本《求鼎斋丛稿》又在上海书店出版社编成出版了。"文稿"与"丛稿"，分别名之于求鼎斋主我这个人的书，不过区别两本书名而已。依顺序，《求鼎斋丛稿》算是《求鼎斋文稿》的姊妹篇吧。"丛"，聚也。将我的一些文章相聚结集在一起，就是丛稿。文稿与丛稿两本书，其实内容是一脉相承的。

文先国，一九五三年一月出生，江西进贤人。号求鼎斋主。学者，文化遗产专家。

五月十八日，李怀宇从广州寄赠《与天下共醒——当代中国二十位知识人谈话录》《各在天一涯——二十位港台海外知识人谈话录》（均为中华书局、二〇一六年三月版）签名本各一册。

五月二十日，范笑我从嘉兴寄赠《古禾杂识》（［清］项映薇著）、《镫窗琐话》（于源著，范笑我点校，文物出版社，二〇一六年一月版）及《菖蒲十年》（朱力勤著，自印本）各一册签名本。朱力勤在书后写有这样一段话："谨以此书，借菖蒲之名，记述我刚刚过去的十年，送给我的朋友们。书中所涉嘉兴菖蒲传承其人其事，均为戏说。"

书中还印有这样的自述：朱力勤，网名采菊，一九八八年大学毕业，律师至今。职业单一，兴趣繁杂。因为无聊，所以喜欢。

五月二十一日，收到汤序波从贵阳寄赠的《书谱译注》（黄源著，汤序波、陈扬、周忠整理，贵州人民出版社，二〇一六年三月版）签名本一册。

五月二十二日，赵蘅新书《四弦琴》首发式在南京先锋书店五台山店举行，活动由于奎潮主持，赵蘅与蔡玉洗、陈虹、邓小文、侯萍、赵苡、宋文学、柴剑虹、金小明、王一心、谢政、唐益君等嘉宾及百余位读者分享了这本新书书里书外的故事。

五月二十三日，收到焦静怡从天津寄赠的来新夏所著一套三本《古今人物谭》（商务印书馆，二〇一六年三月版），三本分别为《评功过》《辨是非》《述见闻》。来新夏在二〇一三年中秋为该书所写前言中说道："人物是历史的灵魂，是推动历史发展的动力，是演绎时间百色斑斓现象的角色。当我们研读和交谈历史时，很难避免言及人物。我读过一些史书，也记住一些情节故事，写文著书时，不断引用。日常生活，也常以人为镜，校正得失。于是，养成一种好谈古今人物的癖好。"

五月二十四日，收到徐卫东从北京寄来的三本赠书：《中国近代史（插图增订本）》（蒋廷黻著，徐卫东编，中华书局，二〇一六年三月版）、《龙与鹰的帝国》（欧阳莹之著，中华书局，二〇一六年三月版）、《史想录》（傅国涌著，中华书局，二〇一六年三月版）。此三本书的责任编辑均为徐卫东。

蒋廷黻的《中国近代史》被誉为中国近代史研究的开山之作。全书从鸦片战争讲起，一直叙述到其时正在进行的抗日战争，将近百年的史事浓缩在短短五万七千字的篇幅里，主题鲜明，史论兼具，反映了蒋廷黻先生十多年对中国近代史的整体性思考，对今天的读者也不无启发作用。

《龙与鹰的帝国》一书故事开始时，中国仍在青铜时代，与进入铁器时代的读者相比，犹如十九世纪的中国和西方。战国时期中国迎头赶上，其后秦汉王朝和罗马帝国并驾齐驱，各自创下四百年的辉煌。世事难全美，称雄东西方的帝国，最终都败亡于来自北疆的蕞尔小敌。它们抵御外侮的能力，被内部的压制、腐败和治理不善消耗殆尽。

欧阳莹之教授以秦汉帝国与罗马帝国的兴衰为线索，全面探讨两大帝国的政治、经济、军事、民族、思想与习俗等诸多方面的异同，尤其强调双方相异处对东西方世界面貌所造成的重大影响，总结其间的历史教训与大国治理之道。

龙是中国传统四灵之一，后来为皇权的专属符号；鹰是罗马军团的标志，后成为罗马霸权的象征。龙与鹰象征秦汉与罗马帝国霸权统治的风格，历久弥新。但正在崛起的新中国，面临有"新罗马"之誉的美帝国，传统作风犹自可见当今世局。

欧阳莹之（Sunny Y. Auyang），女，美籍华裔物理学家、科学家。一九七二年获麻省理工学院物理学博士学位，毕业后曾在美国惠普公司供职，后在麻省理工学院任职，主要从事固态物理与科学哲学研究，特别是复杂系统研究，著有《复杂系统理论基础》《工程学：无尽的前沿》等。退休后转治文史，第一个成果就是《龙与鹰的帝国》（英文版 *The Dragon and the Eagle*，已由 M. E. Sharpe 出版）。

《史想录》是傅国涌系列演讲稿，探讨了近代中国社会转型中的关键问题：辛亥革命、"五四"、知识分子及商人阶层、百年言论史和企业史等，重构了百年中国内在的历史脉络，为我们生动地呈现出历史的丰富面貌，对理解转型中的当下中国不无启迪。

傅国涌，知名学者，主要研究方向为中国言论史、知识分子命运史、近代中国社会转型史和近代企业传统。代表作有《百年辛亥：亲历者的私人记录》《笔底波澜：百年中国言论简史》《从龚自珍到司徒雷登》《大商人：影响中国的近代实业家们》等。

五月二十五日一点十分，作家、翻译家、中国社会科学院荣誉学部委员、外国文学研究所研究员杨季康（笔名杨绛）在北京逝世，享年一百零五岁。

五月二十八日下午，由先锋书店主办的"我们这个家，很朴素：追思杨绛先生"在南京先锋书店五台山店举行，董宁文与赵蘅、桑农、王一心三位嘉宾，会同钱小华、唐吟方、金小明、张元卿、唐益君、侯萍、曾以约、谢政、何卫东、张静以及百余位读者一道分享了他们眼中的杨绛先生的点点滴滴以及读其书的感受。

董宁文（左）在主持"杨绛先生追思会"

当晚，继续在先锋书店与陈卫新联袂主持由先锋书店、十竹斋画院与《开卷》杂志联合主办的"彩笺记事——阅读与笔记"分享会。卫江梅、薛冰、李玉珉、宁孜勤、赵蘅、唐吟方、桑农、王一心、金小明、张元卿、何卫东、唐益君、尤灿、叶康宁、张静、许进等人与读者分享了各自的彩笺记忆。

同日，李伶伶签赠《沈从文地图》（江苏文艺出版社，二〇一六年六月版）一册。王一心在为该书所作的《跋》中写道：

沈从文的不好写，一难在于史料来源单一，单一地来源于传主自己。沈从文写作连同写信都极有耐心，不避琐屑，仿佛头发也可以一五一十数清楚，所以几乎没有一件事情另外有人留下的记录比他的更详细，导致许多事情后人要去写，就不得不只"从沈说"。一个人的记忆又不可能全是准确的，更何况沈从文是一个小说家，又是自称对于任何一件事情都可想出五十种以上情节的想象力特别发达的小说家，回忆往事恐怕连他自己有时都难以将事实与幻想泾渭分明，一个传记作者要在这样的情形下去做甄别事实的工作，当然是颇费心力的。

本书以沈从文所经历的凤凰、辰州（今"沅陵"）、沅州（今"芷江"）、常德、保靖—龙潭—保靖、北京（一）、上海（一）、武汉、上海（二）—北京（二）、青岛、北京（三）、武汉（二）—长沙、昆明、北京（四）、四川、北京（五）、咸宁、北京（六）等地方写了他的一生轨迹。

同日，沈文冲从南通寄赠由其主编的《参差》第二期（天津市问津书院编，二〇一六年一月二十三日印行）签名本一册。此期收入王观泉、陈子善、卢润祥、龚明德、子张、李树德、桑农、吴晓磊、叶建松、张期鹏、沈文冲等作者有关毛边本的十一篇文章，另有沈文冲的"卷首语"和杜鱼"编后记"两篇。本期还刊有龚明德、秋禾、沈文冲、阿滢等四人所写的五篇忆念李高信的"高信先生纪念特辑"。

五月二十九日，收到章嘉陵寄赠的自印《风堂乙未站——大写意 2015》画册一本。画册前印有这样一段话：此画集是二〇一五年农历乙未春末开始画的，很多是旧作新画，是感受过去曾感受过的情感并再次表达。以大写的形式来表现，有了更为简约和更为强烈的形式风格。同时又是回顾、享受和创造新意的过程，名之为《风堂乙未站》大写意集。

同日，南京律师谢政来信：

周六在先锋，因晚上有事，只参加了杨绛先生的追思会（下午），我和杨先生并无交集，只读过她的散文集《我们仨》。比较了解的还是钱锺书先生。刚上大学时，受周振甫先生《诗词例话》一书的指示，知道了钱先生提出的"通感"，"喻之多边"，十分佩服，后又买了一本精装的《谈艺录》，好几块钱，在八十年代，对于一个穷学生而言，也是一笔蛮大的开销了。

对于杨先生，我想起一件事，那天追思会上好像大家都没有提及。其实这也反映了杨先生的性格，和一般的懦弱文人不同。前几年，某拍卖行要拍一批钱先生的书信，这是钱寄给香港一个友人的。现在流入到拍卖市场。但信里可能有些人物的评论，公开显然不便。当时杨先生应该已经一百多岁的高龄了。但她不苟且，发文阻止并且要不惜打官司。好像她说她也懂法，她父亲就是大法官之类，这则消息我看到之后真是对杨先生刮目相看。懂法律并且不怕用法律方式解决问题的知识分子真是不多。

从著作权的角度来说，虽然信寄给别人，信件这个物品就是别人的了，别人自然有权处置。但是拍卖又不同，因为要公开信的内容，而信的内容，作为一种著作权，自然还是属于作者的，所以杨先生说得还真是在理。拍卖行事先不征询杨先生的意见，而准备进入拍卖程序，在法律上自然站不住脚。好像后来在杨先生发律师函之后，拍卖行撤回了拍卖，而那批委托买卖的人自然更是颜面扫地了。

从这里看来，杨先生还真是和一般文人不同。我所佩服的法学家、北大的贺卫方先生，就十分敬重钱、杨二老。受贺先生的影响，我最近还买了《管锥编》，只是这厚厚的四大本，还没时间读呢。

# 六　月

六月四日，姚法臣从青岛发来微信："杨先生仙逝后，在微信朋友圈里读到连篇累牍的纪念文字（大多是不读书的人），但都与读书无关，且皆为转发。唯宁文先生追忆与杨先生之文字笔墨往还，情深义重，令人唏嘘感慨！杨绛先生去世的消息是女儿告诉我的（我们全

家都是绛粉），其时我正在书房临董其昌笔意，顿时泪
奔，我从书橱取下杨先生全集之小说卷，把印有杨先生
的头像的木刻藏书票，端立书桌，俯身三叩头，为杨先
生送行！嘴里喃喃：'杨先生，您去天堂可与钱先生、
阿瑗团聚了！'我想，诚如宁文先生所言，纪念杨绛先
生最好的方式莫过于读她的如水洗过的文字！"

六月五日下午，应邀参加由无锡广播电视集团、无
锡百草园书店联合主办的"生命的烤火者——杨绛读书
追思会"。

六月十一日，沈胜衣从东莞发来网信："六月号
《开卷》陈学勇文记述李君维先生，其中写老人晚岁的
交往，提到了拙名，令我有所触动。翻出十余年前李先
生寄赠的书看看，回想从前的往来，想到也许接下来闲
时，我也该为逝去的老人写点文字吧……"

六月十三日，郭济洛从长沙发来网信："李老师从
您主编的《开卷》第十七卷（二〇一六年第四期）中得
到了他的好友王尔龄老师的消息，可惜失去联系多年，
甚念。但先生不玩现代科技，嘱我发送电子邮件给您并

代致问候。希望您告知王尔龄老师的通讯地址和联系方式。"当晚即将王先生的通讯方式告之并向李元洛先生约稿。两天后，元洛先生转来网信："大函小郭已转来，至感！我当和王尔龄联系，别来已三十余年矣！如有合适文字，再奉正。"

六月二十一日，收到宋红从北京寄赠的《文林廿八宿——师友风谊（增订本）》（林东海著，人民文学出版社，二〇〇七年三月第一版，二〇一〇年第二版）、《中国酒文化》（宋红著，东方出版中心，二〇一四年十二月版）、《南社诗选》（林东海、宋红选注，人民文学出版社，二〇一一年十月版）签名本各一册。

林东海，福建南安人。一九三七年出生，先后就读于榕桥小学、南安一中、复旦大学中文系。本科毕业后，考入研究生班，在刘大杰教授指导下习研中古文学史，一九六五年毕业，被分配到中国文联中国音协。下文化部静海干校三年，一九七二年调入人民文学出版社。七十年代中期曾被借调到国务院文化组研究和注释古代诗文；八十年代初复被人民美术出版社借调去考察唐代诗人李白游踪。长期在人民文学出版社从事编辑和研究工作。出版有《诗法举隅》《古诗哲理》《诗人李白（日文版）》《太白游踪探胜》《江河行揽胜诗草》等专著，以及《李白诗选》《唐人律诗精华》等作品选注共二十多部（含合作与职务作品），发表其他诗文两百余篇。

宋红在《中国酒文化》的后记中写道："与酒文化结缘，实乃无心插柳。二十世纪八十年代后期，作为人民文学出版社古典部编辑，我为社里设计了一套分类古诗选本，号称'古诗类选'，所设咏物、纪游、品艺、友谊、怀亲等十类中，唯独宴饮诗无人应承，于是在当时的古典部主任林东海先生支持下，不揣浅陋，承之完成《宴饮诗》的选注，并由此走入酒文化的世界，也因此成为一家民间组织中华酒文化研究会中'不理事'的理事。"

本书上编从酒与宗教、酒与政治、酒与人生、酒与交际、酒与文艺、酒与节令等方方面面对中国酒文化进行了阐述；下编"酒的酿造工艺与分类"则从酒之酿造、黄酒、白酒、果酒、配制酒和啤酒六个专题对于酒的酿造与分类进行了梳理与介绍。

六月二十二日，收到许超从北京寄来的他岳父范用生前自制的藏书票一种（四种颜色的各一枚），票上印有

"愿此书亦如倦鸟归巢　鹤镛自制"（范用原名范鹤镛）。另赠《新中国文坛沉思录》（严中著，人民文学出版社，二〇一五年十一月版）一册。该书写了八位文坛人物：周扬、夏衍、沙汀、何其芳、荒煤、许觉民、冯牧、巴金。

作者在后记中写道："走进历史是沉重的，但也同样令人愉快，希望此书能为每一位真诚地面对昨天和今天的人带来新的收获，希望人们能够在他们的故事中思考并汲取力量……"

书中写到的许觉民是许超的父亲。

严平，中国社会科学院文学研究所研究员。从事现代文学研究，并创作小说、散文等，发表研究文章、人物专访、散文、小说等十余种，著有《燃烧的是灵魂——陈荒煤传》《1938：青春与战争同在》等。


六月二十三日，收到韩健畅从西安寄赠的《瀹茗瑞草魁》（西北农林科技大学出版社，二〇一六年六月版）签名本一册。本书是作者研究中国茶史、茶礼、茶法、茶俗、茶人、茶事的一部专著。全书由二十六篇论文构成，每篇论文的写作皆旨在解决中国茶史上的一个问题。论文力求将为一般饮茶人尚未顾及的平常而实际上是重要的问题提出并给予解决，以见出当时的社会状况

范用自制藏书票

及民族心理习惯。

　　书中不只是谈茶，还有专篇论文谈水。以古代章回小说出发作为引子，谈惠山泉水，谈中泠泉水，谈唐代丞相李德裕、诗人白居易、宋人苏轼讲究茶水的"调水符"，以引导更多的茶人和爱茶者不只是把注意力凝视在茶上，同时把心力转注到特异的茗泉上，讲求真正的茗饮之道。

　　韩健畅，一九六二年八月出生，陕西户县东乡韩伍桥人。一九八一年考入陕西师范大学中文系，一九八五年毕业，开始发表作品。研究领域有戏曲、民俗、饮食、新文学版本、茶等；收藏以灯烛、茶著等为主。

# 七　月

　　七月十五日，由"开卷书坊"策划的《林散之年谱》（邵川编著，江苏文艺出版社，二〇一六年七月版）出版并见到样书。该书为邵川穷十年之功而成，刚一面世，即得到各界人士的关注，现摘录部分题词、评语以存其真。

　　林散之长子林筱之先生题词：

　　　　邵川为写林散之生平一书，吃尽辛苦，其功可嘉，留此数句，以作报答。

为记散翁这一生，跑完王村又李村。

中华大地走完了，再去东球又西行。

林筱之记，二〇一六年七月

林散之二婿李秋水先生题词：

平生瞻望处，江上是吾师。

貌古真同佛，才高更见诗。

拈山入卷册，洒墨化蛟螭。

艺海波澜阔，张皇笔一枝。

此我怀念外舅散公诗。邵川仁弟辛苦十载，多方搜罗资料翔实，成林散老一书。无过情之誉，实事求是，诚良史也。实为研究林散老一生最有价值之资料。

九十四岁秋水敬题

林散之学生迟明先生题词：

当代草圣，一代宗师

贺邵川新著散翁年谱出版。丙申秋月，江南渔翁迟明九十四岁

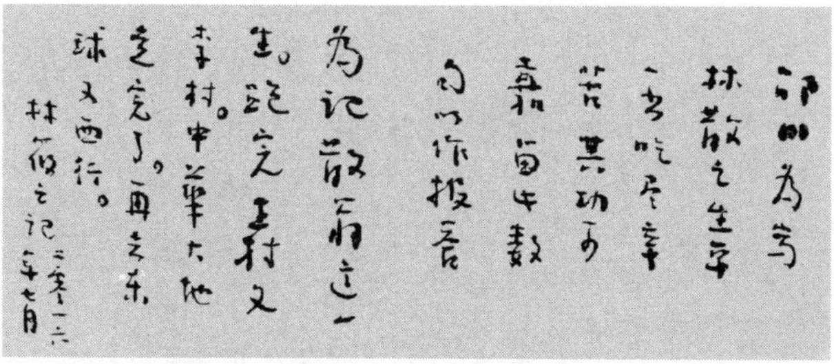

林散之长子林筱之题词

林散之二婿李秋水题词

一代革
聖老題
千秋

公元二〇一六
年夏月
俞律敬題
北南京

诗人、作家、书画家俞律题词

林散之学生单人耘先生题词：

散公不散，散公不朽。

退叟未退，蜕叟有孙。

邵川十年之勤苦纂集（《林散之年谱》)是对祖辈最
诚挚的孝敬

　二〇一六年八月三日单人耘于卫岗勺庐时年九十

著名诗人、作家、书画家俞律先生题词：

一代草圣，光照千秋。

　　　　公元二〇一六年夏月俞律敬题于南京

著名学者、书法家常国武教授题词：

三绝诗书画，一官归去来。

题邵川先生所著《林散之年谱》，丙申夏（秋）常
国武时年八十又七

林散之学生齐昆先生题词：

邵川先生系子退老人之孙，自幼即受家学熏陶，于书画文学素有研究，尤深重收藏。今因纪念先祖与散之先生之情谊，历时十载完成专著《林散之年谱》，余不计工拙，涂鸦数笔，以表敬仰之意。

　　　　　　　丙申七月初一记于半山园后枝三恭书

著名学者、《黄宾虹年谱》编著者王中秀先生题词：

草圣知音

丙申立秋后炎暑稍歇之第一日，邵川道兄携新镌《林散之年谱》来访，喜而书此，王中秀

林散之学生冯仲华先生题词：

江上踪迹，草圣平生。

邵川大著《林散之年谱》出版，题以祝贺。二〇一六年八月，冯仲华

林散之学生庄希祖先生题词：

邵川兄乃散翁好友子退先生之孙也，出于对祖父及

林老的崇敬之心，搜集他们的史料逸事并撰文表襮，为书画界及研究者提供了翔实的资料，功不可没！尤其是他花了整整十年的时间编著《林散之年谱》，是目今所见研究散翁最详尽、最完整、最忠于史实的专著。全书四百余页，三十余万字，其图版之清晰，且多为首见，弥足珍贵。可谓功德无量！其尊重师长的精神为中华文化之贡献值得弘扬！

丙申夏日庄希祖记于金陵

作家、编辑张昌华先生题词：

一代草圣，贺《林散之年谱》出版。

邵川先生大雅。张昌华丙申立秋，三壶斋

林散之先生老友邵子退文孙邵川兄披星戴月，砚耕十载，编就皇皇巨著《林散之年谱》，详尽忠实，完整地记录了草圣平凡而又不平凡的一生。该书名闻士林，风行书坛，必将垂之久远。

张昌华识，丙申立秋后二日

八月六日，曹如诚先生获赠《林散之年谱》致信邵川："收到邵川先生编著的装帧精美的《林散之年谱》。年逾六旬的邵川先生，是林散之家乡密友邵子退老人之孙，幼年曾得林老教诲，对林老有着深厚的感情，他用十年时间编著此书，付出了大量的时间和心血，图文并茂，史料翔实，是林散之艺术宝库中的又一部重要文献。书中记载了林老在扬州的许多重要艺术活动。因我是《林散之与扬州》一书的作者，在编著期间，邵先生多次来电来函，与我核对有关资料，其敬业精神令我感佩。"

八月十八日，谢其宁读《林散之年谱》后说：拜读此书，最直接的感受有三点：一是对林老的生平有所了解，体现出该书的史料价值；二是对林老为何能成为一代宗师的奋斗成长史有所了解，体现出该书对立志成才者们的指引借鉴价值；三是书中图文并茂的书法绘画作品给读者以美的享受，体现出该书的美学欣赏价值。

同日下午，邵川在金陵美术馆画廊内的开卷书坊为读者签名售书。其时，正在编撰《高二适年谱》的吕华江先生特地赶过来与邵川交流，并购书两部，一部转赠高二适纪念馆。当天在其微信上云："有缘与《林散之年谱》作者邵川老师相见，非常高兴。邵老师此书毕十年之功成三十万言，其中有许多史料信息首次公开，令人感佩其学术之严谨赤忱。匆匆来访，邵老师说林老与高老为友，我们各自为两位大师编撰年谱也是胜缘，因以摄照留念，为书林一段故事。"

八月二十六日，上海陈益锋在其微信云："《林散之年谱》乌江邵川先生编著。种瓜后人邵川自幼跟随祖父邵子退先生学习书法，兼学林散之书艺，子退先生跟散老是挚友。邵川先生根据资料，走访先贤、奔走各地，编定可读可考的年谱，资料翔实、用力最勤。林散之像下方钤印一枚散老遗印'聋子叟'，更是难能可贵。感谢邵川先生题诗，感谢董宁文老师寄书。"

九月二日，著名书画家、书画鉴定家萧平先生题词：

草圣平生在斯卷

邵川兄以十载岁月编著林散之老师年谱，今终行世，一册在手，恩师生平，宛在目前，喜甚喜甚。

书此致贺，时丙申秋。

戈父萧平

九月十九日，著名画家，曾任江苏省美术家协会主席、江苏省国画院院长宋玉麟题词：

功在千秋——邵川先生编著林散之先生年谱，费时十余载，洋洋大观，为研究散翁之艺术作出重要贡献，可喜可贺。丙申秋日于草玄室。玉麟

七月十八日上午，由张掖市甘州区图书馆承办的第十四届全国民间读书年会在张掖市甘州区演艺中心开幕。

蔡玉洗、陈子善、王稼句、周立民、王振良、王振羽、曾纪鑫、朱晓剑、崔文川、李传新、倪建明、徐玉福、吴昕孺、卢礼阳、潘小娴、童银舫、陈克希、傅天斌、周音莹、罗文华、上官消波、吕浩、汪应泽、易卫东、李海燕、姜晓铭、李树德、赵长海、子仪、棱子、李城外、刘涛、李剑明、曹隽平、江少莉、许新宇、章海宁、任文、武德运、子张、任理、钱军、张元卿、王欲祥、尹引、章亦倩、禾塘、孙勤、章玲、吉木、李正祥、闫进忠、刘雪芳、唐丽娟、黄岳年、董宁文等百余人参加了此次民间读书年会。

年会期间，还举行了曾纪鑫作品研读会、全民阅读

第十四届全国民间读书年会代表合影

主旨报告会、读书年会论坛、新书发布会、读书类报刊
建设研讨、网络环境下读书型城市的建设、非虚构文学
与真人图书、读书类著作的出版与发行、旧书期刊鉴
赏、中外藏书票欣赏、周立民谈巴金：把心交给读者、
张爱玲史料的搜集与整理、崔文川藏书票艺术展等十余
场相关活动。

　　另外，《问津书韵——第十三届全国读书年会文集》
（杜鱼编，天津古籍出版社，二〇一六年六月版）、《我在
书房等你》（黄岳年主编、朱晓剑执行主编，古吴轩出
版社，二〇一六年七月版）两书的首发成为本届读书年
会的亮点。

　　经过数家相关单位的竞争，最终，周音莹代表浙江
诸暨获得明年第十五届全国民间读书年会的承办权。


　　七月二十八日下午一点三十九分，英汉大词典主
编、翻译家、复旦大学外语学院教授陆谷孙先生在上海
新华医院去世，享年七十六岁。

　　陆谷孙，一九四〇年出生于浙江余姚，一九六二年
毕业于复旦大学的外语系。复旦大学外国语言文学学院
教授、博导。上海翻译家协会理事、中国作家协会上海
分会会员。主要从事英美语言文学的教学、研究和翻译

工作，专于莎士比亚研究和英汉辞典编纂。主编《英汉大词典》《中华汉英大词典》，著有《余墨集》，译有《幼狮》，撰有《逾越空间和时间的哈姆雷特》等论文四十余篇。

本刊曾寄赠先生多年，亦有书信往还。

# 八　月

八月十日，河北靳逊在看到"开卷书坊"第五辑的微信发布后留言：

我看"开卷书坊"的书，但不全看，如有我喜欢的作者的书，肯定会看。如锺叔河、止庵等。我最怕书买来了，看不下去，搁在一边，或者，有些书买回来了，又觉得不值得花时间读。

顺便说一句，董宁文编书是有他的水准的，由他编出来的书可看性强。

我看"开卷书坊"第三辑最多。我喜欢那种携带方便字号合适的小开本。

八月十四日，朱航满从北京发来网信：

来信呈上两篇文章，供您选用。

这两篇文章是有些意思的，一篇《木桃与琼瑶》是介绍锺叔河先生的《儿童杂事诗笺释》的，但也提到我与念楼先生的一点交往。因我编选随笔年选，弄错了先生的文章标题，后来却因此有了些联系，虽然念楼先生原谅了我的粗率，但希望我写篇文章说明一下。我因此作了此文，想来锺先生在开卷上一定会读到的，也请您予以刊登为盼。

另一篇文章《茶饭文章》是写完《我收藏的知堂文集》之后，感觉还有话要说，也就借介绍辽宁出版社的"苦雨斋文丛"之际，谈一些自己的感受，同时也谈自己与一位著名鲁迅研究专家关于周作人与鲁迅文章的讨论，借此说明自己的看法。

近来微信上得知"开卷书坊"第五辑已出版，深为可贺，也希望六辑或者七辑能够有所争取。

再接再厉吧。

前些日子北京极热，最近一直未曾作文，所作都是春天所写。


八月十六日，北京魏彪在其微博发布了《宁静中的幸福》的一篇微博：

杨绛先生安宁谢世已两月多了，对杨先生这样的人，后贤不必以"伟大""不朽""传奇""孤傲""另类"或"才情纵横"等形容、定冠，她是一个文化淑女，在她的生存时代背景下，她读书而非治学，她写作而非求名，她生存而不虚度，她欢悦而不狂热……为自己定义的生命概念，她做得再完美、幸福不过了。终了，能归化于平静、安详，我们内心最虔诚的颂扬应该是：祝福杨先生永远安宁！

好友董宁文（子聪）兄一如杨绛先生，不计名利，静若止水，二十余年里在不知不觉中成就了一件美事、雅事（我想，董兄亦不愿说成是"大事"）。一帧薄薄的《开卷》，稿酬薄、无名扬，却能聚集那么多文化老人、后起俊彦的热望为其投稿、助阵，真心钦佩！

我想，背后的动力只有二因：干净、宁静！

谢子聪先生每期《开卷》墨香尚余的邮寄！

八月十七日，石湾在子聪发的有关"开卷书坊"第五辑之《文人影》一书的微信留言：宗远兄的《风景旧曾谙》我是终审，但当时尚未与他结识。待到他编《芳草地》，我成了他的作者，才渐渐熟悉，成为文友。孙郁的代序今天也是第一次读到，备感亲切。祝贺宗远兄，也感谢宁文和上海辞书出版社又办了一件好事！

随即上海辞书出版社吕荣莉留言：我第四辑责编石湾老师《文坛逸话》，第五辑责编谭宗远老师《文人影》，而石湾老师是谭宗远老师《风景旧曾谙》的终审，这也算是因书结缘了。小编小乐。

同日，北京朱航满在微信发布了这样一段文字：

南京董宁文先生寄赠第七和第八期《开卷》杂志，其中第八期为"纪念杨绛先生特刊"，收录杨苡、绀红、桑农、子张、杨建民、姚法臣、赵蘅、宁文等纪念文章八篇。在该期的《开卷闲话》中，意外看到与我有关的两则信息，其一为今年二月二十五日上海躲斋先生在致董宁文先生的信中谈到了我的文章："读《开卷》近期，觉得更扎实了。对小刊物来说，文章宜短，固然好，但也不妨长，有分量，也好。近期中的长文章，如朱航满的谈知堂文集，我看甚佳，有内容就不嫌其长。"其二为今年二月二十九日吴海发从无锡给董先生来信，其中也谈到了我的文章："中国我知道的有三位'巴人'，鲁迅、萧公权、王任叔。巴人王任叔有《遵命集》，出版于二十世纪六十年代初，他提出'文中不能没有作者自己'，有则亲，无则疏。或许不为时贤认同，但是朱航满恰到了好处。"信中，吴先生还谈到其与知堂交往的经历，也是难得的文学史料："周作人先生与我通过信，不止一通；我夜访八道湾十一号，踩踏了进门后的一个水凼，湿了我的双脚，秋冬时节，好冷。门内似存暖意，难忘。"

八月二十日上午，子聪在微信发布了谢泳、王振良、韦明铧、蔡玉洗、范笑我等为《开卷闲话十编》所作的五篇序言后，石湾即留言："十编确实是个圆满的节点了，《开卷》继续编下去，建议你不必事无巨细均入《闲话》，不妨择其要者二三事（人或书）多说几句，深入一点，改称《开卷札记》如何？一孔之见，供君参考。"

唐吟方接着在微信留言："真不容易，十编闲话，当称得上是读书界的一个传奇。"

中午，王稼句在上海老正兴菜馆招饮，止庵、陈克希、李福眠、韦泱、萧功秦、梁由之、金小明、周音莹、董宁文等人参加。

止庵从北京携来两本毛边本签名相赠，一为《旦暮帖》（山东画报出版社，二〇一二年十一月版，扉页印有"毛边特装本，每本均有作者亲笔签名及钤章，共两百本，此为其中之 No. 003"），一为《风月好谈》（商务印书馆，二〇一五年十月版）。止庵素不喜寄书，宁愿书印出后几年相见时当面相赠，此可一记也。席间，止庵说"闲话"已出到十编，下面可不出了。

下午六点，"开卷书坊"第五辑首发暨签售活动在上海书展世纪馆活动 A 区举行，本辑作者吴钧陶、王稼句、止庵、高克勤、谭宗远、子聪等六位作者和特邀嘉宾陈子善、韦泱与读者见面互动。

此辑八本书分别为《白与黄》（张叹凤）、《雨脚集》（止庵）、《文人影》（谭宗远）、《北京往日抄》（谢其章）、《怀土小集》（王稼句）、《开卷闲话十编》（子聪）、《云影》（吴钧陶）和《拙斋书话》（高克勤）。

八月二十一日，周音莹发此微信：

昨日午餐前让止庵先生签书四本：《云集》《比竹小品》《沽酌集》《周作人集》。在《周作人集》中留知堂句："谈狐说鬼寻常事，只欠工夫吃讲茶。"书中一百八十三页相关文字如下：一九三四年一月，周作人虚岁五十，生日前夕作"牛山体"七律二首："前世出家今在家，不将袍子换袈裟。街头终日听谈鬼，窗下通年学画蛇。老去无端玩古董，闲来随分种胡麻。旁人若问其中意，且到寒斋吃苦茶。""半是儒家半释家，光头更不着袈裟。中年意趣窗前草，外道生涯洞里蛇。徒羡低头咬大蒜，未妨拍桌拾芝麻。谈狐说鬼寻常事，只欠工夫吃讲茶。"笔意闲适，却颇具苦味；作者所关心、从事、坚持者，于此可见一斑。此四书与上海古籍书店购得的《小雨点》（陈衡哲著，上海书店印行的《中国现代文学史参考资料》十九种之一）、《芦川词笺注》、《牧斋初学集诗注汇校》（上、下）一起快递，今日即送到小区物业。"开卷书坊"第五辑签名本六种：《云影》（吴钧陶著）、《文人影》（谭宗远著）、《雨脚集》（止庵著）、《怀土小集》（王稼句著）、《拙斋书话》（高克勤著）、《开卷闲话十编》（子聪著）。昨晚进家门已迟，先翻《开卷闲话十编》，虽一向知道宁文兄的坚持已是当下读书人的标杆之一，沉浸在印刷成册的文字里依然被深深感动。附录的《开卷》创刊十五周年座谈会暨《〈开卷〉十五年精选》首发式嘉宾发言纪要，唤起了许多在场的记忆……昨天即将告别书展时"拦路"签名的五本书：《前辈》《精细集》《微书话》《书情书色》《书人依旧》。今天收到西安武德运先生寄赠的《港澳台暨海外华人作家笔名通检》、河南王金魁先生寄赠《书简》总第二十二辑及《尺牍清吟》。

八月二十六日，收到缪克构从上海寄赠的《黄鱼的叫喊》（上海书店出版社，二〇一六年八月版）签名本一册。作者在后记中有言：这是一本关于故乡和故人、行走与忧思，以及诗歌和诗人的小书。

八月二十八日，向继东从广州寄赠唐浩明《冷月孤灯——静远楼读史》（广东人民出版社，二〇一六年八月版）签名本一册。此书为向继东策划的"唐浩明作品典藏系列"十种之一，另外分别是《曾国藩》（修订版，全三册）、《张之洞》（全三册）、《杨度》（全三册）、《唐浩明评点曾国藩家书》《唐浩明评点曾国藩日记》《唐浩明评点曾国藩奏折》《唐浩明评点曾国藩书信》《唐浩明评点曾国藩诗文书》《唐浩明评点曾国藩语录》等。

八月二十九日，收到励双杰从浙江慈溪寄赠的《名人家谱撷谈》（广西师范大学出版社，二〇一六年七月版）毛边签名本一册。作者在自序中写道："上世纪九十年代，我在姚北古玩城以五百元的价格得到了一部清宣统三年（一九一一）格思堂木活字本《上虞西华顾氏宗谱》，全书应该是三十二卷三十二册，缺了一册卷二十六，只存三十一册。这是我第一次有了全方位的家谱概念，在此之前，只是偶尔听说过家谱，根本就不知道家谱长什么模样。意想不到的是，就是这部家谱，成为我家谱收藏的发轫，并由此改变了人生轨迹。我的生命，竟然会与家谱紧密相连。我，就这样成了'有谱'的人。更有意思的是，从此，再没有'离谱'。"

被誉为中国家谱收藏第一人的励双杰为中国收藏家协会会员、宁波市作家协会会员，首批"浙江省优秀民间文艺人才"。对家谱颇有研究，收藏甚丰。藏书楼"思绥草堂"藏新中国成立以前线装家谱近一千八百种，计两万册。收录于《浙江家谱总目提要》及《中国家谱总目》的家谱数量为全国私藏之最。曾先后在《寻根》《谱牒学论丛》《谱牒文化》《北京日报》《中国商报》《藏书报》《天一阁文丛》等报纸杂志发表相关论文数十篇。二〇〇九年三次应邀在浙江省图书馆讲学；二〇一〇年十二月应邀参加"第二届中华大族谱国际会议"并作专题报告。已编著出版《慈溪余姚家谱提要》《中国家谱藏谈》等专著，所著长篇小说《阳谋》入选"浙东作家文丛"。主编的《思绥草堂藏名人家谱丛刊》被列入"十二五国家重点图书出版规划"项目，现思绥草堂与广西师范大学出版社合作出版了前四辑，精装一百二十七册。

该书环衬贴有一小张仿古书版式的编号说明，竖排繁体：

《名人家谱摭谈》定制毛边五十本，以泾县瞿金生道光咸丰间所制大号泥活字钤印编号，一书一字，信手拈来，随缘敬赠。

# 九　月

九月二十日，汪成法从合肥发来网信："前些时因为孩子的出生颇为忙乱，问候少了。但微信上不断见到您和《开卷》的消息，知道一切顺意。前几天读书有些小感想，写成一篇短文，寄给您看看。是否适合《开卷》，请裁夺。标题过于简陋，如果您有好的想法，请径改。上次写范曾的那篇，我还没有收到那一期杂志，不知是否被送到学校新区了。过几天我再去看看。如果没有收到，再请您帮忙另寄一份。——昨天去老校区，收到稿费单了。谨志谢！"

九月二十六日，姚法臣从青岛发来网信：

谢谢您热情温暖的回信！就像我在拙文里谈到的那

样，在我看来您所做的事情必将写入历史的。我之所以将您与范用先生相比较，一个根本的原因就是您对读书出版事业的坚持与热爱，这份坚持并不是像人们想象的那样。比起意志力来我认为眼光更重要，比起面临的诸多困难我认为忘我无私更重要。您已经跳出某种窘境来看待您面对的一切，所以迎面而来的一切您都能接受，这是需要有一点格局的！您身上平易近人的东西，不是一些人能够做到的；您诸多无私的行举，也不是一些蝇营狗苟之辈所能理解的，所以，我是打心眼里敬佩您这样的人。某个时代的读书风尚总需要一批有头脑、沉得住气的有识之士去引领，您所做的正是一个引领者的工作。

关于拙稿的处理问题，请您定酌，就我看到的关于《相约在书店》的读书随笔都过于机械，没有涉及人（一笑）。我的意见是有些事情该说还是要说，您说是吧？！期待再次相会。

# 十 月

十月十五日，吴海发从无锡来信：

昨天下午见电函，问我年龄。我拟立即复电，可怜我使唤电脑笨极，拼音打进去，汉字却不肯出门见我，往日点×××××，能许我中文打字，昨天怎么也不见×××××，叹气也无用，可笑我笨伯一个。见问年龄，奉答如下：

我一九三四年出生，属狗。我一九五八年夏南京师大中文系本科毕业。经历一九五七年狂风巨浪。班上划了十二个"右派"分子，其中党员"右派"多名（有几位渡江干部），我幸免于难，没有翻船，平安过关，分配在徐州一所重点中学郑集中心任高三班主任并教两班语文。有一位优秀学生叫刘瑞田君，在政审上，我舍命做了手脚保护他，不仅顺利通过政审关，且是响当当的优秀政治种子或政治选手。一九五九年高考被录取于清华大学。以后他读过研究生，抡大锤当过厂长，徐州市副市长，江苏省劳动工资厅厅长（网上可复查）。他的作文优秀，我选他为全县范文出版。我的学生中，不乏专家、教授、局长、市长、厅长等出色的劳动者。舌耕以学生出色为慰。

我爱写作，在大学里文章印成铅字发表。笔耕谈不上勤奋，但是持之以恒，锲而不舍，终有见效。先后出版八种专著，《二十世纪中国诗词史稿》八十八万余言，一千零五十四页。文天祥诗集《指南录》校注本，正在上海重版中（吴心海处有一本）。《学术河上的乌篷船》是东南大学出版社出版的。《流声的岁月》是台湾出版的。我还参与编纂了《汉语大词典》部分词目，还发过词典研究文章，刊于《汉语大词典工作简报》上。

我三十七年任教生涯，在中学教，在师范教，在干部学校教，在高师函授站教。退休后，我还教省内外、市内外进修干部，但是主要用心于研究写作。

我手边还有四部专著稿子待字闺中。也还有散稿在。二〇一四年七月在上海《文汇报》发文，近于整版，二〇一六年五月又发大半版，以后还会有。《人民日报·海外版》上也发了多篇，二〇一三、二〇一五年也有刊文，去年今年均有刊文。七十年代后，多发于学报，如山东师大、南开大学、南京师大。

你刚才电话中，不知问了什么，我听不清。我现在写的可能牛头不对马嘴，谅之谅之。我有同学住南京北冬瓜市，叫曹济平兄，与常国武老师一个大院（听人说现在住颐养公寓了，请问什么公寓，我想写信致候）。上次庆祝会发言后，蔡玉洗先生突然问我一九五七年是不是"右派"，莫名其妙。我两次与会，您让我自己介绍，怕丢失阶级立场乎？我今天多写几句，累您目力。简言之，我是清白人，出身农家，自小农耕，一生舌耕，桃李为慰；业余笔耕，浪得小名。

十月二十五日，收到张期鹏从济南寄赠的《高莽书影录》（中国书籍出版社，二〇一六年九月版）签名本一册。

# 十一月

十一月一日夜，张荣庆从北京写来一信，嘱其家人拍照从微信发来：

十月廿九日，得与先生相识，对不佞来说，是大可庆幸的一件事。当天晚上，回到寒舍（地处昌平山脚下一个叫香堂的村子里），立即翻开先生惠赠的总第二〇一期《开卷》，一气看了好几篇，几乎篇篇都有分量，真是过瘾。卷末先生所撰《开卷闲话》，文字平实而内容颇丰，读之令人神往。知先生勤于笔耕，即此《开卷闲话》，恐已积了二百〇一篇了吧？真是了得。

不佞也干过编辑营生，故亦养成习惯，不愿意看见自己文章或他人文章印出后，文字上出现差错或失当。今不揣浅陋举出此期《开卷》文章中几个可改可商之处：

俞律文，页十三，倒十三行，"书学家古能变"，当为"书家学古能变"。

叶嘉新文，页二十二，倒八行末冒号印反了。又，页二十三，倒十三行，"一定按照特定学科的客观需要去主只动地为该学科效劳"，"只"字衍。又倒十二行，"永远都只接力劳动"，"只"当作"是"。

朱航满文，朱先生是文章高手，文笔非常漂亮，同在京城，却无缘谋面请益。此篇文章中有一句话"得赠先生的这册大作"（页十二，首行），反复琢磨，总觉得意思不大对劲。"先生的这册大作"，是指前边文字中锺叔河先生于二〇一五年夏寄赠朱先生的一本书——《周作人作诗丰子恺插画儿童杂事诗笺释》（锺先生作的笺释不佞插架中也有这本书）。"得赠先生的这册大作"，倘改作"得先生所赠的……"，或"得先生惠赠的……"或"得先生赠我的……"等，尽可推敲定夺，我则以为总比原句似乎要顺当明了。聊陈陋见，高手面前，未免失敬了。

先生的《开卷》，确实办得好，不佞贸然之咬文嚼字，吹毛求疵，无伤其高雅也。

此函勾勾抹抹，未再誊清，请见谅。

先生编的"我的书房"系列四本书，我竟购齐。荣庆　又及

十一月五日，萧向阳从株洲发来微信："收到惠赐的《开卷》今年第十一、十二期，至为感谢！书中有人提出《闲话》可以停出了，是真的吗？在下以为《开卷》存在一天，《闲话》也应存在下去！"

十一月十七日，收到戴逸如从上海寄赠的《航标灯——戴逸如〈新民晚报〉〈今晚报〉图文专栏精粹》（上海交通大学出版社，二〇一六年七月版）题签本一册，戴先生在该书扉页写道："阁下所编《开卷》正是默默地发着光的航标灯啊！"是书序二作者毛时安写道："《航标灯》是戴逸如新作的结集。一九七一年，年方二十出头的他曾作为水手，出没在黄浦江的风浪里。夜晚，航行江上，听阵阵涛声，一片迷茫的深沉夜色。唯有航标灯在前方闪烁，微弱、飘忽而坚定。还有在心中回响的'年轻的航标兵用生命的火花，点燃了永不熄灭的灯光……'的洋溢青春活力的优美旋律。这部新书写的画的自然都是我们时代的所见所思，但它也是对往昔岁月的缅怀和致敬。"

戴逸如，作家、画家、学者。现居上海。

十一月十八日，南京潘方尔面赠《潘童叟画》（商务印书馆，二〇一六年七月版）签名本一册。这本作者的首部图文集清新脱俗，所作之画诙谐幽默，所附短文每有弦外之音，令人若有所思、若有感悟也。

十一月二十五日，北京朱航满微信发布：

董宁文先生用快递寄来《开卷》第十一、十二期，近来普通邮件多有遗失，此系董先生重寄的两期刊物。《开卷》十一期为"创刊二〇〇期特刊"，刊名加红，内容加厚，总计文章二十篇，其中刊有拙作《茶饭文章》，系我今春谈鲁迅博物馆主编"苦雨斋文丛"之《周作人卷》的一点认识，也系对前作文章《我收藏的知堂文集》的补充，而文章名《茶饭文章》，则取自周作人在《两个鬼的文章》中对于个人文章的一番自我评价。周氏将他的"闲适文章"比作"吃茶喝酒似的"，又把"正经文章"比作"馒头或大米饭"，可谓形象矣。第十二期《开卷》则刊发文章《木桃与琼瑶》，谈锺叔河先生寄赠的《儿童杂事诗笺释》，文章名则取先生赠我此书的一段题跋："朱航满君寄赠大作，以此报之，即所赠木桃也，愧对琼瑶多矣。乙未夏锺叔河于长沙。"此文之写作，源于我与长沙念楼先生的一点特别的书缘，谨以此文答复先生之嘱托。今文章刊发，代以"说明"，广而告之，想必念楼先生也是能够看到的吧。

# 十二月

十二月二日，张恒善发来微信："夜读《开卷》十一期，卢润祥的文章《纪念邹梦禅先生》引起了我的关注。文章介绍，一九五八年邹先生发配到甘肃山丹，从事印刷刻字工作。这段话我很受启发。山丹是我们张掖的一个县，处在我们甘州以东，离张掖六十多公里。我想顺着这个线索了解下邹先生在张掖山丹的情况。你处有文章作者卢润祥的联系方式吗？有的话麻烦你告诉我。谢谢！张恒善在丝绸之路金张掖遥祝兄长编安愉快，笔体康健！"

十二月二十一日，收到陆三强主编寄赠的由其策划的"西京书话"丛书首辑四本（未来出版社，二〇一六年九月版），分别是《树新义室书话》（黄永年）、《书者生也》(辛德勇)、《铁未销集》(理洵) 和《珠玉文心》（崔文川、朱晓剑）。

十二月二十三日，又得王振良主编的"问津文库"新书两种，一为《待起楼诗稿》（刘云若原著，张元卿辑注，天津古籍出版社，二〇一六年十月版）；一为《记忆的碎片——津沽文化研究的杂述与琐思》（王振良著，天津古籍出版社，二〇一六年十二月版）。

十二月二十八日，收到李怀宇从广州寄赠的由其主编的"世界华文大家经典"新书两种，一为《江海清谈》（唐翼明著），一为《巫者的世界》（林富士著），两书均为广东人民出版社、二〇一六年十一月版。

唐翼明，一九四二年生，湖南衡阳人。美国哥伦比亚大学东亚语言文化系博士，一九九〇年赴台侍亲，先后任教于文化大学、政治大学，现任华中师范大学国学院院长、长江书法研究院院长。著有《魏晋清谈》《魏晋文学与玄学》《唐翼明解读〈颜氏家训〉》《当代大陆小说散论》《大陆现代小说小史》《中华的另一种可能——魏晋风流》《宁作我》《时代与命运》等。

林富士，英文名 Fu-shi Lin，一九六〇年生。台湾大学历史系、历史学研究所硕士班毕业，美国普林斯顿大学历史学博士。现任台湾"中研院"历史语言研究所研究员。曾于二〇〇二年到二〇〇七年间担任辅仁大学宗教学研究所兼任教授、政治大学宗教学研究所兼任教授、台北大学历史学系合聘教授、东吴大学历史研究所兼任客座教授，二〇〇七年八月到二〇一〇年七月任中兴大学历史学系讲座教授兼文学院院长，二〇一〇年十月到二〇一五年十月任"中研院"历史语言研究所副所长。研究兴趣主要为中国巫觋史、道教史、疾病史及医疗文化史。

二〇一七年

## 一　月

一月六日，收到张永忠主编的《耕读——（二〇一四—二〇一六）精华卷》（二〇一六年第四期·总第九期）一册。这本由东莞市农业局主办的内刊以前未曾见过，但从下面题为《两年写给新年的信》的卷首语让我们能够大致了解到这本别具一格内刊的概貌：

耕读两年，感恩八方。在这《耕读》创办两周年的特别日子，请允许我们用这册过往八期的精华卷，表达

《耕读》书影

对各位一直以来关心、支持的微薄致敬。

《耕读》，本身也是我们这批农业部门工作者，对农事、对乡村、对故土的一份深切致意。晴耕雨读，原是传统农耕时代流传深广的价值取向。"田可耕兮书可读，半为农者半为儒"，此等"亦耕亦读"的闲远适意追求，此等"耕读传家"的自然淳朴风尚，在现今高度工业化的社会进程中逐渐式微，却不可或忘。东莞是曾经的农业大县、鱼米之乡，如今发展成为世界工厂、制造业名城。经济腾飞的背后，如何保护和传承先辈留下的农业文化，是我们致力探索的命题。繁华都市中开辟一块养心净土，开启一些及身可行的别样"耕读"实践，挖掘和传承本地农耕文明精髓，这既是结合东莞实际的工作需要，也是乡土情怀使然，是以渔樵耕读情结为底色的一份莞邑"农"情。

但在过去的两年囿于印发数量有限，许多读者向我们表达了无法获取《耕读》早期出版物的遗憾。为感谢各位的厚爱，为总结纪念两载的耕耘成果，也为激励鞭策接下来的前行，我们特别推出本期精华卷，从二〇一四至二〇一六年的八期《耕读》一百余篇文稿中精选出四十篇，并附上总目录，以期读者收到"通览全义又领略精要"之效。

　　这期精华卷的主要篇目有：猴欢喜，人同喜、六畜平安、耕读书话、东莞农艺琐谈、莞草小札、用方言传承东莞农耕文化之美、春耕时节、让我们一起追忆、莞邑年味小记、莞荔史料小录、风流蕴藉白兰花、东莞的中秋节、莞邑七夕：七花七果拜七姐、水稻田里"玩"创意、羊蹄踪迹、东莞历代农业作物名优产品、东莞花村花街香飘久远、压岁迎春，掂过碌蔗——粤蔗史料小录、耕读之人游耕读祖祠、合欢衩头双荔枝、东莞花生生产加工小史、东莞香蕉小史等。


　　一月七日下午，由十竹斋画院主办的"玩玩的——《宁文写意》新书首发暨水墨作品展"在金陵美术馆画廊举行。南京文化界、学术界、出版界、书画界、媒体界董健、蔡玉洗、速泰熙、薛冰、罗邦泰、王心丽、张叶、邹宁、卫江梅、曾立平、陈卫新、侯萍、蓝蓓蓓、何卫东、杨靖华、黄征、邵川、唐益君、刘俊、姚君伟、肖林、曾以约、陆远、宁孜勤、汪修荣、张昌华、陈爱华、王一冰、王欲祥、张元卿、尹引、贾梦雨、金小明、吴心海、葛继彬、徐开利、潘方尔、顾前、曹寇、邹建东、杨鑫以及知语轩读书会、悦的读书会等志愿者近百人出席了此次活动。

《宁文写意》新书首发活动与会者合影

活动由本次活动的承办方金陵美术馆画廊总经理沈曙红主持，卫江梅院长作为主办方首先致辞，对与会嘉宾表示了热烈的欢迎，并向与会者介绍了十竹斋画院一年来的工作业绩，还热忱地期望与会专家一如既往关心、支持画院的工作。

活动开始前，南京市文广新局巡视员、画家徐开利，南京书画院常务副院长刘红沛，南京书画院副院长、金陵美术馆执行馆长刘春杰参观了作品展。这本充满文人意趣的图文书《宁文写意》（安徽教育出版社，二〇一六年十二月版）收入了作者历年所创作的六七十幅水墨作品，并收入屠岸、锺叔河、陈四益、王稼句、陈子善、唐吟方、许宏泉、张渝、王犁等国内书画界、文学界、学术界、出版界五十余位专家、学者、出版家、书画评论家针对这些作品而引发的对文人书画的理解与思考。这本书视角独特，所收文章融学术性、艺术性与可读性于一炉。书中众多评论文章已先后在部分媒体发表，并在读者中产生了一定的影响和共鸣。

书中书画作品所呈现的文人画气息使得本书具有相当的可读性、欣赏性，且具收藏价值。另外，著名书画家、学者、翻译家周退密、流沙河、韩羽、董桥、高莽、俞律、忆明珠等人分别为此书题写书名，为本书吸引更多喜欢文人书画的读者提供了较好的文本。

首发活动上与会专家学者汇聚一堂，分别从不同的角度对这本《宁文写意》进行了品评，并就文人书画的创作进行了研讨。

一月十三日上午，郭平来开卷书坊茶叙，并赠书三本及墨迹一帧。三本书为《鸿泥阁藏瓷》（紫禁城出版社，二〇一〇年二月版）、《后来呢》（中国文联出版社，二〇〇五年十一月版）、《在异乡：郭平域外短篇小说集》（江苏人民出版社，二〇一四年一月版，二〇一四年八月第二次印刷）。

《在异乡》前勒口印有作者简历：郭平，南京师范大学文学院教授，著有《魏晋风度与音乐》《古琴丛谈》《净化灵魂的旋律》《鸿泥阁藏瓷》《印尼叙事》《后来呢》《投降》《巴厘巴厘——一个中国人的三十次巴厘岛之行》《没有脸的诗集》等。

一月十四日，周有光在北京去世，享年一百一十二岁。

周有光，原名周耀平，"周有光"原为笔名，"有光"后来成为他的号，一九〇六年一月十三日出生于江

読書觀世界開

卷瀉菩提

丙申冬吉日呈

寧文兄

郭平

郭平墨迹

苏常州青果巷。早年研读经济学，一九五五年奉调到北京，进入中国文字改革委员会，专职从事语言文字研究。周有光的语言文字研究，领域十分宽广，研究的中心是中国语文现代化。他对中国语文现代化的理论和实践做了全面的科学的阐释。曾主持制定了《汉语拼音正词法基本规则》，八十五岁以后开始研究文化学问题。周有光亦是本刊的老作者，六年前，"开卷文库"还曾策划出版过他的《晚年所思》（江苏文艺出版社，二〇一二年六月版）一书。

一月二十日，杜国玲在南京签赠《吴山点点幽》（修订本，郎朗书房策划，现代出版社，二〇一五年一月版）一册。该书多年前初版时本刊曾刊载过相关文章，作者在此修订版题为《这里曾被称为天堂》的后记中写道：

这一修订版是以图文互现的方式，再现了第一版《吴山点点幽》中文字所无法完全传达的真实的存在。我有时候在想，"老"照片所蕴含的话语、传递的意味，远不是几条简单的历史结论所能涵盖的，而历史唯有正视和倾听这些画面的声音，才能鲜活生动起来，永远生生不息。其实文或照都也还罢了，甚或连所谓正史也都罢了。令作者所不能忘情者，令后人所不能忘记者，一言以蔽之，就是苏州这座城市，凡两千五百年坐落于吴山吴水间，曾经被称为天堂之所在。

《吴山点点幽》是一部风格独特的苏州山水笔记，是作者多年览山观水、怀古寻幽的文字结集。从花山、天池山、灵岩山、天平山、鸡笼山、贺九岭、支硎山、寒山、穹窿山，到白马涧、莫釐峰、碧螺峰、玉笋峰、渔洋山、法华寺、缥缈峰、太湖、石湖、五峰山等地，无论是佳山逸水、田野乡村，还是人文遗迹、名胜古迹，都留下了作者一一寻访的脚印与咏叹。其间既有深察善感的抒怀，又有引经据典的考证，还有亲身体验的摄影，寄寓着作者沉浸于吴中山水、自然草木的诗情与哲思。同时，作者还处处留心当地的生态环境、乡村经济、居民生存，深具人间情怀。

同日，南京谢政来信：

距上次金陵美术馆相聚又过去一周矣。兄责言犹在耳，再不动笔说不过去矣。其实自省我本是个极疏懒之人，远不如小明那帮朋友勤奋，宜乎诸事不成。另外年底冗事又多起来，让自己总是静不下心。

平时在家也常想，曹丕好像说过人生三件事，立德、立功、立言。时光快如穿隙，自己总得做些什么。画画呀，写些东西呀。但是临到动笔复又气馁。受情绪之影响太大，难以坚持。只有写字，拿笔就写，兴阑即止，似乎于自己最相适宜，可大多都是自学，摸索来摸索去，也走了不少弯路。如果能得到吾兄诸位师友之指教，那真是太好了。

在金陵美术馆买到邵川先生编的《种瓜轩诗稿》，翻阅一过。我特别喜欢这些有平民气息的诗文，朴素自然，抒发的都是真实的感情，与《开卷》的风格也是一致的。读之十分感佩，另在书中有两个小疑问，特记下请教你和邵川先生。

一是"访秋萍问散老病体"一诗（第六十六页）项子京注为唐诗人项斯，不知依据是什么。书中已说项斯字子迁了，似与子京无涉。此子京似为明之项元汴欤？

二是赠李生一诗（第六十九页）诗中承宫豕与韩滉牛为对应，宫豕不是一个词，应该不做猪圈解。承宫似为人名。

三是登项王祠四首第二（第四十三页），赵卒夜坑四十万，为何不忍一刘邦。此坑赵卒四十万为白起，与项羽好像不涉。项羽坑秦卒廿万，不是坑的赵卒。所以，这里用赵卒夜坑的典我还不太明白。当然，可能只是自己没有理解而已。集中诸诗精彩纷呈，有的十分通达，读之让人不忍释卷。

一月二十一日下午，由安徽教育出版社与合肥大摩纸的时代书店主办的"《开卷》以外，丹青之间——《宁文写意》分享会"在合肥纸的时代书店举行。来自合肥本地，以及芜湖、无为、南京的唐元明、姚莉、鲁金良、汪成法、桑农、钱之俊、杨鑫、唐益君、马磊、高杨、朱莉莉、徐娟娟、鲁燕、戴玮及部分当地的读者参加了此次分享会。

一月二十二日，冯其庸在北京去世，享年九十三岁。

冯其庸，名迟，字其庸，号宽堂，江苏省无锡县前洲镇人，一九二四年二月三日出生，是中央文史馆馆员、中国艺术研究院终身研究员、中国红楼梦学会名誉会长、《红楼梦学刊》杂志社名誉社长。曾任中国艺术研究院红楼梦研究所第一任所长、中国艺术研究院副院长、中国人民大学国学院首任院长、中国文字博物馆馆长、中国红楼梦学会会长等，是享誉国内外的红学家、

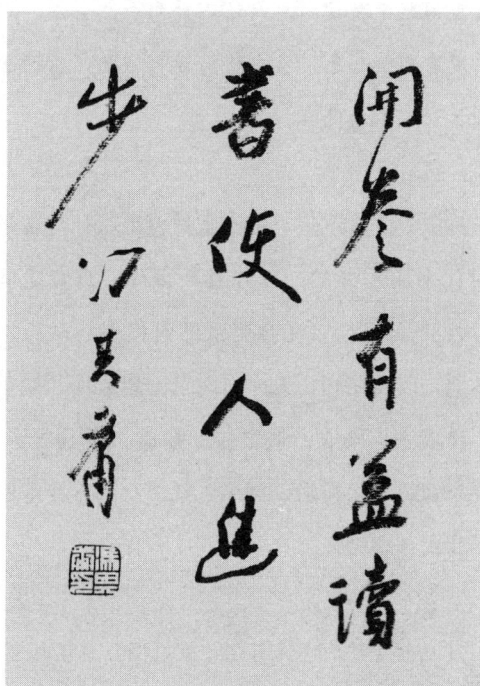

開卷有益讀

著佐人進

步 刀其庸

冯其庸墨迹

文史学者、书法家与画家、诗人。

冯其庸的主要学术著作有《论庚辰本》《曹雪芹家世新考》《石头记脂本研究》《论红楼梦思想》《红楼梦概论》《梦边集》《漱石集》《瓜饭楼重校评批红楼梦》等。冯其庸在古代文学史、中国文化史、戏曲史、艺术史、考古学、文物学、书画、诗词以及西部文化艺术历史等研究领域也均有重要建树。冯其庸生前曾给本刊赐稿（题词）数篇（件）。

一月二十四日，湖州博物馆馆长刘荣华发来微信说，他们要出徐重庆文集，目前只找到《开卷》中所刊三篇，二〇〇三年第十二期《何公超二三事》、二〇〇四年第九期《谁还记得叶德均》、二〇〇九年第十期《由陈从周的一封信谈起》。经查，《开卷》还刊有《南京的〈文艺报〉》（二〇〇二年第七期）、《陈英士曾发起"融洽汉满禁书会"》（二〇〇三年第七期）、《沈苇窗遗札》（二〇一二年十二期）。目前湖州有关人士通过近期的收集和各位亲友的协助，已经收到徐重庆《文苑散叶》（东南大学出版社，二〇〇二年五月版）之外文章近六十篇：

说"舍得"、读《儿时江湖》、《羡慕自己》序、《湖州史话》序、《苕花浮雪集》序、《白云悠悠》序、李健吾给赵景深的新婚贺礼、王映霞一方印和《遗嘱》、谈张允和的一封信、再谈沈苇窗的一封遗札、"文革"中一封追讨预支稿费函、我还活着——关于巴金的一封书信、陈立夫先生的半封书信、赵慧深遗札、新版《鲁迅全集》注释中两位人物的卒年、鲁迅向包蝶仙索画、《胡适的日记》中的鲁迅、刘子政和他的《福州音南洋诗，民间歌谣》、谈谷林《答客问》、南京的《文艺报》、刘延陵的《杨柳》、读陆小曼《临黄鹤山樵山水图》、新诗运动的前驱者刘延陵、关于胡秋原八十寿辰演讲会、从纪念洪昇引起的联想、何公超二三事、谁还记得叶德均、由陈从周的一封信谈起、《浮生六记》后两记是王均卿假托、现代小说家施瑛、陈英士曾发起"融洽汉满禁书会"、陈英士与"南社"、辛亥志士陈蔼士、任鸿隽菱湖寻根、任鸿年捐躯反袁、关于陈英士的夫人及长子、镇压辛亥武昌起义的丁士源、包承善及其《半日读斋日记》、钱玄同办《湖州白话报》、怀念赵萝蕤先生、读陈达农《淙淙泉声》、从衣裳街走出的神学家、近代科学前驱张福僖、同治年湖州府正堂官封、关于闵齐伋绘刻《西厢记新图》、抗战时"嘉业堂"幸存经过、湖州百年前的股份制公司、珍宝归来记、张爱玲的"遗嘱"执行人——宋琪秀才人情、不为五斗米折腰，以及花、花、花、"青春"是心态、幸运的阿炳、咬字嚼词、读书与藏书、京剧会成绝响吗、能否传名一百年、结语说、名人书信的珍藏与遗弃、应当编一部《海外华人文学编年大事记》、九十年代值得为海外华文文学做的几件事。

一月三十日早上八时许，夏春锦发来微信："徐重庆先生刚刚去世。"

徐重庆，一九四五年生，浙江湖州人。自号"人间过路书斋主人"。出版有《文苑散叶》（东南大学出版社，二〇〇二年五月版）。生前曾为本刊赐稿多篇，时有书信往还。湖州电影公司退休后，受聘湖州师范学院"特聘教授"。为湖州牵线引进赵紫宸、赵萝蕤和陈梦家、赵景德、赵景心、包畹蓉、沈左尧七人文物的捐赠，湖州因此新增四个馆。

# 二 月

二月五日，收到闻章从石家庄寄来的韩羽先生嘱代寄的《画人画语》（北岳文艺出版社，二〇一七年一月版）签名本一册。此书分为东拉西扯、读画札记、画徒品戏、自画自说四辑，计七八十篇文章。作者在为该书所作的《跋》里写道：

画理，无非人情世事之理，人情世事之理终又不同画理。能将两者打通，则大有说道。换言之，欲使"画中物象，画中意、理，你中有我，我中有你"，有隔与不隔之分，巧与不巧之别。变隔为不隔，使不巧为巧，仅靠绘画技法难奏其功。

作画大半辈子，为这说道，苦思冥想，绞尽脑汁，偶有所得，破涕为笑，继而生疑，憋得欲哭，谓为作画，实发神经。

年入老境，懒于作画，转而更喜品赏，会心处，原先惑而不解者，古今绘画之佳作竟先我而解，触类旁通，虽隔靴亦可搔到痒处。信哉，弄斧必到班门。边看边记，聊复成文，积有数十篇。

韩羽，山东聊城人。一九三一年生。一九四八年参加工作，先后从事美术编辑、创作、教学。河北省美术家协会名誉主席。曾为中国美术家协会理事，河北省文联顾问，河北省政协常委，河北美术出版社总编辑。

出版有《读信札记》《韩羽画集》《中国漫画书系·韩羽卷》《韩羽文集》《韩羽杂文自选集》《信马由缰》《画眼心声》《杨贵妃撒娇》等。美术作品分别编入《中国现代美术全集》之《国画卷》《书法卷》《漫画卷》《插画卷》。

获首届鲁迅文学奖、中国漫画金猴奖成就奖，全国封面、插图优秀作品奖。担任人物造型的动画片《三个和尚》获文化部奖、电影金鸡奖、柏林国际电影节银熊奖、丹麦国际童话电影节银质奖。担任人物造型的动画片《超级肥皂》获电影金鸡奖、全国影视动画节目展播一等奖、人物造型设计奖。

二月九日，邵绍红从上海寄赠英文版《洵美诗选》并附信："寄上山东理工大学外语学院的教授孙继成和美国教授 Hal Swindall 合作，将我爸爸的诗集《天堂与五月》和《诗二十五首》翻译成英文，并将其原文的繁体字版对照刊出，我又将爸爸在一九三八年在上海孤岛期间与美国作家项美丽 Emily Hahn 合作出版的抗日杂志 Candid Comment（《直言评论》）第一期补白的四首中国古诗词（邵洵美英译）附在其后。这本《洵美诗选》在美国出版，海外可以在亚马逊（Amazon）网上书店购得……（关于这本诗选，我当写一篇介绍文字，过一段时间给你。）"

二月二十二日，子张从杭州发来网信："昨天收到天津快递，始看到《开卷》的第十一、十二两期，第十一期似为专收尊编'开卷书坊'第五辑的序跋，还套了红，颇有意趣。文章篇篇都好，航满文、信俱佳，不多说。第十一期'闲话'栏记七月十八日读书会参会人员名单，'上官俏波'或有误，是否应为'上官消波'？还有一事禀报，今年除《吴伯箫年谱》外，我还受托写一本《吴伯箫书话》，拟将吴伯箫的散文集以细读方式加以点评，目前已将《街头夜》《羽书》写完，正在写《潞安风物》。兹将写《羽书》中涉及青岛的两则呈上，或可与《开卷》读者交流，也希望得到宁文兄的支持。"

二月二十四日，彭伟从江苏如皋寄赠《域外旧书话中国》（山东画报出版社，二〇一四年十一月版）签名本一册。书前有袁鹰、王性昌、张维祥三序，作者在后记中写道："我收西书始于二〇〇三年，当时留学海外，客居奥克兰。学习之余，我坚持跑书店，寻旧书；林语堂、沈从文、萧乾和斯诺等名人的外文旧著陆续地

'闯'入我的心灵世界，成为慰藉我'乡'思病的良药。我决定'就地取材'，专买涉华西书：一则可解乡愁，二则充实存书，三则可写书话。"

二月二十七日凌晨，罗洪先生因病在上海安详离世，享年一百零八岁。

罗洪，一九一〇年十一月十九日出生于松江（当时属江苏），原名姚自珍。一九三〇年开始发表作品，第一篇随笔《在无聊的时候》发表于当年五月号《真美善》月刊。主要创作小说，第一篇小说《不等边》，发表在同一杂志一九三〇年十月出版的十六卷十一期上。先后出版《腐鼠集》《儿童节》《这时代》《践踏的喜悦》等十二部短篇小说集，《春王正月》《孤岛时代》《孤岛岁月》三部长篇小说，以及散文集一种。二〇〇六年出版《罗洪文集》三卷。她的小说大多描写社会的众生相，笔触细腻，人物性格鲜明。

一九二九年毕业于苏州女子师范学校，后任松江第一高级小学教师。抗日战争爆发后，经浙、赣、湘三省到达桂林，一九三九年一月回到上海。一九四四年春天前往安徽屯溪，直至抗战胜利才重返上海。曾为《正言报》编辑副刊《草原》与《读书生活》，一九四七年辞职后，任中国新闻专科学校教师。一九五〇年在上海南洋模范中学及徐汇女中任教。一九五三年秋开始，到上海作家协会的《文艺月报》《上海文学》担任编辑直至退休。

# 三 月

三月二日，温州卢礼阳发来微信："《开卷》今年一、二两期收到，谢谢。先拜读《谢泳与〈开卷〉》《台静农往来书信阅读札记》。董、汪两先生阅读仔细，或品评或指正，令人感佩。只是汪先生提到柯庆施安排台父为南京文史馆馆长，此说恐怕有误。南京市设立过文史馆？一般是省或直辖市设立。但江苏省文史研究馆历任馆长并无台佛岑。"

随即将此意见转给汪成法，第二天，成法即回复："查看了一下，我文章中的说法直接来自书中，王昭铨致台传馨信里这样说。可能其说不确，我暂时也没有足够的资料证实或者证伪。不知您是否可将贵友的质疑登入《开卷》或以其他方式公开，或者书友中有人可以解疑。如何？"

汪成法的意见转给卢礼阳后又得礼阳复："登入

《开卷》，当然可以，或许有助于疑问的消除。"

第二天，卢礼阳又发来微信："第二期《想不通》一文所列五条都很有针对性，其实放卷首也可以。只是第一条批评'某报'过于含蓄，完全可以点出报名，予以揭露。"

三月三日，上海王圣思发来微信："今天去参加了罗洪先生的告别仪式，老人走得安详，没有痛苦睡过去了，真是无疾而终的福气之人，享年一百零八岁。二〇一二年曾写有一篇有关她和朱雯先生早年情书集的小文，发表在上海《文汇读书周报》上，现收入你主持的'郁金香书系·开卷薪火文存'丛书之一《难得是相逢》中。若《开卷》愿意重刊，我可加附言，以此作为对老人的怀念；若不宜再登，也无妨，老人生前已看到了！"

三月四日，收到楼乘震从上海寄赠的《铁骨柔情——当代文化人素描》（上海人民出版社，二〇一七年二月版）毛边签名本一本（此册编号为五十本之七）。这本书写到的文化名人大多生活在上海，主要有巴金、邵洵美、靳以、罗洪、王辛笛、徐中玉、贾植芳、钱谷融、黄裳、束纫秋、王元化、欧阳文彬、邓云乡、黄宗英、白桦、叶永烈、宗福先、陆星儿、陈思和、草婴、任溶溶、薛范、贺绿汀、张瑞芳、孙道临、谢晋、蓝为洁、曹雷、丰子恺、夏伊乔、贺友直、陈逸飞、徐森玉、萧斌如等数十位。

楼乘震，浙江杭州人。从小喜爱新闻写作，一九六八年高中毕业进厂做工，自学复旦大学新闻专业，后进北京、上海、深圳等地主流报刊任编辑记者，从深圳报业集团驻沪办事处兼记者站退休。现为中国摄影家协会会员、上海市作家协会会员、上海市摄影家协会会员、巴金研究会会员。


三月五日，收到酸枣小孩主编寄来的《向度》二〇一七年春季号（总第十五期）一册。


三月八日，朱航满从北京寄赠《读抄》（花城出版社，二〇一七年一月版）毛边签名本一册。此书收入作者二十余篇读书随笔，其中部分文章曾刊于《开卷》之中，几年前这本书名为《永日读抄》的书稿也曾列入"开卷书坊"第四辑的计划之中，后因故未能出版。一年前，作者曾将这部书稿修订过，并易名《读抄》，并写来介绍这本书的一封信：

　　来信收悉。确如您所说，如果不是纳入诸如"开卷书坊"这样的丛书，书话类、文史类的随笔集都是很小众的，出版也是难的。而有幸编入您所主持的这套"开卷书坊"，格调高、设计佳，岂能不欢欣鼓舞，也是您努力和提携后学的结果呀。我的这册《读抄》，除了"书林一枝"信息量大之外，还有两个系列值得关注，一是文章札记系列，谈周作人、张晖、倪墨炎、黄裳、董桥、谷林、木心、李长声等人文章；其二是访问大家系列，则是访问杨绛、周有光、邵燕祥、韩羽、李文俊、李世南、韩玉涛、徐友渔等人的文章；这些文章大都刊发在《读书》《文汇报》《中华读书报》《开卷》等较为有影响的报刊上。

　　三月九日，东莞书友侯晓在其微信上说："今天收到《开卷》，（二〇）一七年一、二两期，照例先看最后的'开卷闲话'。看到有些老师给董宁文老师提议，'开卷闲话'已经出十编了，可以不写了。我却以为，应该继续写下去，《开卷》作为民刊，作为民刊的中坚力量，本来并不是以盈利为目的，是给各界喜欢文学、书话、书画等的人士一个交流的平台，简简单单，既然如此，那闲话永远闲下去，岂不是更加好？闲来话开卷，书香常相伴!”

三月十日午后，蒋力从上海发来网信：

昨接寄下《开卷》四册，今已读过大半，感想时生，迫不及待地想一书（以文代叙）为快。

知《开卷》甚久，亦羡我兄宗远与《开卷》的交情，一直端着“架子”，故未得尽早结缘（接上关系）。今方始见，不禁有恨晚之念。闲话少言，部分感想如下：

依序。二〇一六年十一期：宗远《文人影》已得赠，读过。王稼句，亦因宗远介绍，有过通信，签过合同，为其主编“名城（古城？）风景丛书”写老北京，终未成书，责在本人，日后再未联系。“十编”之范序，引我想起二十多年前在《中国文化报》主持副刊，时常接到笑我寄来《简讯》，从未想到在副刊上摘发刊发，可见那时做编辑者的脑袋里框框不少。笑我提到的殷白，更早前我在重庆拜访过，一个非常和蔼的老先生。二〇一三年我作音乐剧《五姑娘》，在嘉兴、海宁短住月余，想见而没见到的两个人，一是范笑我，一是柴草（要是随韩石山先生同去，大约就见了）。朱航满

《茶饭文章》中说《周作人集》扉页印有周作人在苦雨斋的一张"穿棉布旗袍的黑白照片"。吾甚不解。向以为旗袍为女性专属，男性之衣，棉袍皮袍、长袍马褂皆有，稍暖些时是长衫，独未听说有着旗袍者。但愿是笔误。唐吟方读《林散之年谱》一文，让我想起当年做编辑时，京城媒体跑美术圈的诸位常有聚会。一次聚会时，新华社记者尹鸿祝曰：看不懂林散之的字好在哪里。在场的杂家大师柯文辉以高度概括的几句话予以回答，众人听后不得不点头。惜当时未记下，今已难忆，亦不见柯公久矣。最后那次与柯公的碰面，还是在宗江先生府上，他去取宗江师为他某书所作序文。也是在宗江师赠下的书中，我见到先生为你作的序文。

二〇一六年十二期：看瞿炜文，读金克木诗，从未读过，虽说以前看诗不少。看朱航满写锺叔河，想起我与锺先生的一面之会。那时在柏林寺办公，一日忽接内线电话，是锺先生，说就住在寺内，转眼就面对面了。起因是他寄来一篇稿子，别人写他的，给了我。作者马力，《中国旅游报》的副刊编辑，我们相识，且有稿件往还，不知那次为何转了个圈，倒给了我一个接触锺先生的机会。

二〇一七年一期：看了汪成法读《台静农往来书

信》札记，昨晚即下单购书，今天上午收到（这速度真是神奇了）。买此书，确有私心。我的外祖父杨联陞，与台静农交往有年，通函、唱和、欢宴、论学皆有。二〇〇三年我编《哈佛遗墨》时，收入了杨联陞为台先生八十寿庆所编《友声集》，其中有杨联陞、张充和、潘重规、台静农、萧公权的唱和及杨序，还有台静农致杨联陞一函的影印件。均出自台湾联经一九八一年出版的《台静农先生八十寿庆论文集》。今见《台静农往来书札》一书中，有"致杨莲生（一九八三）"一函，即此信，但只有部分内容，注曰"此信不全"。实为怪事！收录在《哈佛遗墨》（商务，二〇〇四年版，七十八页、二〇一三年，修订本，八〇页）的此信，从抬头到落款一字不缺，惟落款日期未署年份，但从其内容上是可以推断出年份的，绝不是一九八三年。若从该处选来，当无"不全"的问题。顺便说到我对"书札"一书的意见：此书注释甚惜墨，连"致他人信"的"他人"，都不肯去作一点注释，而"他人"毕竟不是个个都如鲁迅般家喻户晓。譬如：杨莲生，即杨联陞，哈佛大学教授，汉学家。这样一点文字，此书还是能容下的，当然，需要编者再费点工夫。又，陈独秀致台静农的书信，近年有闻在台湾出版，这里踪影不见，亦无交代，实在不解。还有一往事可说：我曾有《台静农三题》一文，先交宗远，入刊《芳草地》，又被《北京晚报》刊发（不是一稿两投）。舒芜先生看到，有文赞许鄙人文风有台先生味道，但亦批评了我对台先生概括（评价）的偏颇，主要是在未名社的地位和书法成就，针"扎"得很准，我亦心服口服。再顺一笔：陈子善先生为台静农编的一本书（上海教育社），用了一图，是台静农的画，杨联陞的字。我与陈先生只通过一次话，想问其来源，求一个电子版。陈先生说记不住来源了，当时也没有电子版。甚遗憾，一幅合作的书画就没下落了，而当时的印刷技术尚难令人满意。

二〇一七年二期：木斧缅怀司马文森之文，使我想起少年时读过的《风雨桐江》，印象较深。青年时知道《北京晚报》的摄影记者司马小萌是他的女儿，好像还有一个妹妹在北京交响乐团弹竖琴。木斧文中说到的那位后人叫司马小莘，名字都是草字头，当不误。只惑自己当年为何没有想到就小说去采访小萌。韩石山的"不诚实"把我看笑了；笑的原因，可以再写一文了。

《开卷》印张少，容量小，积存稿件必定多多。不敢即刻贸然投稿，信中内容若有可被兄选入"闲话"之一二，即属荣幸。

三月十日，收到韦泱从上海寄赠《百年新诗点将录》（文汇出版社，二〇一七年一月版）毛边签名本一册。本书选取了作者所写的六十篇关于新诗的书话，并附有六十种原版书影，展现了百年来的新诗概貌。作者在该书的后记中写道：

采用点将录的形式，不算新奇。无非是借用典故而已。既不必一百零八将不可，也不必很江湖气的排定座次。读者看了书名，知道我写的是新诗发展中的诗人与史事即可。

我想强调的是，这里的文字，不是对新诗优劣的评判，而是一部以史料为主的新诗书话集子，时间上我尽可能前移，写的通常是"老诗人"，即使健在者，他们年龄至少已八九十岁以上了。而对于新时期以来的诗人，虽然也属百年的时间范畴，但不是我的研究兴趣所在。相信若干年后，会有人来研究这一时期的新诗史料。

书前有屠岸、邵燕祥、周良沛三位老诗人所写的序言，作者说："这是破天荒的第一次。不是因为拙著有多少出彩，而是心中敬仰他们，在或长或短的交往中，从人生到诗观，他们影响了我，使我获益良多。他们既是诗人，又对新诗有真知灼见的鉴赏力。他们从二十世纪四五十年代走上中国诗坛，是中国新诗发展重要历史阶段和事件的践行者和见证者。谈论新诗，他们三位是最有资历、资格和话语权的。"

三月十一日下午，《微南京》首发式在南京随园书苑举行，王稼句、薛冰、陈卫新、罗拉拉、老克、董宁文与王欲祥、尹引、张元卿等参加了首发及"微南京"系列丛书策划会。

《微南京》由微南京人文工作室编印，第一期出版时间为二〇一七年三月十一日，交流投稿邮箱为：1175493826@qq.com；微信公众号：微而不弱君；新浪微博：微而不弱君。

《微南京》首发时只印了五十册纸质刊物，刊物内容主要在微信公众号和新浪微博发布。

第一期分为七个栏目，分别为写在前面、老金陵、考察记、上学记、七日记、小诗、小曲。

《老金陵》专栏刊有两文，一为《一桥飞架》（薛冰），一为《昆曲在南京是怎样成为国剧的》（罗拉拉）。

《考察记》专栏有四篇文章：《探寻辟邪》（王晓映、

《微南京》书影

陆诚)、《总统府门前的石狮子移动了吗》(尹引)、《吴仲欧旧居考察记》(张元卿)、《与沈师游"民国南京"》(汤志辉)。

《上学记》专栏有三篇文章:《大明小店》(王文)、《南大的风景》(冯仰操)、《南京随想》(徐先智)。

《七日记》专栏刊有张照涵的《小学七日记》。

《小诗》专栏刊有查紫阳的《月神的传说》。

《小曲》专栏为程毅的《晚歌》。

微而不弱君在题为《微而不弱的话》的"写在前面"中写道:

"微"公安,"微"公交,"微"话题,"微"评论……处处能见"微"的身影。

在这个"微"字"横行"的时代,《微南京》也"微小"地出现了。

我们觉得南京的历史和现实,光靠一些学者、作家是难以书写完备的。生活在南京,或是曾经在南京生活、工作过一段时间,甚至是路过南京的人,都会留下相应的印记,哪怕是极其"微小"的印记,也是南京历史发展中不可或缺的一部分。

南京的历史,要靠所有南京人,以及所有关注南京的人一起来书写。一起来书写，并不是要写宏观大文，而是就兴趣和能力所及，从身边的历史与现实做起，做个人的"微记录"。大家都动手做"微记录"，这个城市的历史文件才不会无声流逝，而大家动手做记录，就是大家一起在书写一部老百姓的南京史。这正如董宁文先生所说："微小，但并不微弱！"

《微南京》是我们自办的一个小刊。取名《微南京》，就是找点南京的微记忆的意思。初步想两至三月出一期。所刊之文，也与"微"字相适应。文章均为未正式发表之原创作品，三五百字，一两千字不等，字数一般在两千字以内，并配发相关图片。可以是反映南京历史文化的考证类文章；可以是反映当下南京都市生活的随笔，最好有生活细节；可以是在南京上学经历的随笔；可以是在南京生活的日记，以七日为限；可以是反映南京生活的诗歌，新旧体不限；可以是反映南京生活的歌曲，包括曲谱、歌词；甚至是用图片反映的南京生活的点滴记录，比如老街拆迁、新店开业等社会事件等。

我们还配有一个微信公众号，一个新浪微博及博客，均叫"微而不弱君"。《微南京》里的小文、小诗、小曲会以多种形式呈现。

　　希望这个小刊能长久地走下去，也希望这个小刊能得到大家的支持。这个"支持"是多方面的，可以是您的投稿，也可是您微信里的"赞赏"，也可是朋友圈里的转发，也可是线下活动的捧场，等等。

　　首发式上，王稼句即席在一副小对联纸上书写了张元卿所撰"随园春色微南京"，现场几位与会者在微信朋友圈发布征求上联。半小时左右，陆续收到几位朋友所撰的上联：泰岱诗情钟东鲁、楮墨芸香存白下、开卷墨香大金陵、草堂秋意暖蜀都、残池秋雨寄中国、开卷风情融北国等，最后王振良所撰"楮墨芸香存白下"成为应征上联，并由王稼句书就成完整的一副对联。

　　日前，唐吟方于北京仰山楼在《开卷》某一期的封面上写下这样一段话："《开卷》出满两百期，今后还出不出，大概都是读书界难以忘怀的风景。二〇一六年岁尾得宁文兄寄赠合订本，大喜！岁华如积雪，映窗可读书。有此一册相伴，这个冬天不寂寞。"

　　三月十二日，杨栋从山西沁源寄赠《梨花楼书事》（北岳文艺出版社，二〇一七年二月版）毛边签名本一

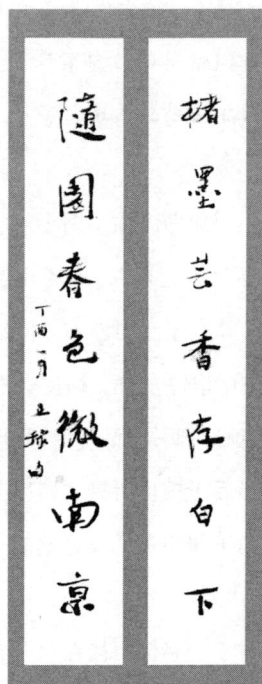

赭墨芸香存白下

随园春色微南京

丁酉二月王稼句

王稼句书张元卿、王振良所撰对联

册。此册编号为五十册之第十二号。

本书分为爱书记痴、淘书记缘、读书记悟三辑、五十余篇书话。杨栋在自序中说道："文人事业便是书，看看那崔巍的书城，我心里高兴得像做了南面王。有了这本小书，我的买书钱也就算没有白花了。"

三月二十五日，邵绡红从上海发来网信："最近在为争取出版邵洵美与项美丽在上海孤岛时期出版的抗日杂志《自由谭》与其英文姐妹版 *Candid Comment*，又在写一篇稿《诗人邵洵美在抗战中的使命》。年初'人美'出了本《小姐须知》美术日记很有意思。我当寄一本给你赏玩。这本一九三一年邵洵美著，漫画家张光宇配画的小书现在还有现实意义，有读者笑言'这是最经济实惠的情人节礼物'。"

三月二十五日上午，与程立相约，他陪陈汝勤先生去看望俞律先生，我在俞律先生家等他们，后陈爱华也应程立之约而来。得赠陈汝勤《似水流年》（江苏教育出版社，二〇一四年三月版）签名本一册。

陈汝勤，一九二六年生，北京人。一九四八年毕业于杭州国立艺专（现为中国美术学院）西画系，长期从

俞律（左）与陈汝勤

事新闻出版及美术编辑工作。其版画作品《北固山下》《黛玉焚稿》《雨后山村》《李慧娘》等多次获奖并参加国内外展出。二〇一二年出版个人画集《实画实说》。现为江苏省版画院高级美术师、中国版画家协会会员、江苏省版画家协会理事。

三月二十七日，邵绍红从上海发来网信："今天我寄了两本书给你，一本是《小姐须知》，另一本是《时代漫画》。是《生活月刊》把《时代画报》所有的封面整理了重现在当今读者面前，介绍当年那些漫画家，怎么合作办刊，怎么组织起来和恶势力斗争，怎么参加抗日救亡活动。书里收有翔实的史料，藏书家谢其章的《三十年代漫刊图谱》，罗列了十几种当年出版的漫画刊物。《生活》月刊采访漫画家郑辛遥，谈到上海是中国漫画的发祥地和他收藏全套《时代漫画》的经过与他自己如何学习画漫画。画家张大羽的《忆父亲张光宇》《叶浅予自叙》、毕克官的《漫画家访问记》等，内容极其丰富。此外还收集了我母亲盛佩玉的回忆集《朋友们以画志喜》，我父亲介绍墨西哥漫画王子珂佛罗皮斯的文章，他的《画报在文化界的地位》与《文化的班底》以及我写的《邵洵美和漫画家们的渊源》。此书题目是

《时代漫画——被时光尘封的 1930 年代中国创造力》。"

三月二十八日，收到宫玺从上海寄赠的《宫玺诗文选》（上海文艺出版社，二〇一七年一月版）签名本一册。宫玺在扉页写了"最后的小书大病之后"几个字。这本诗文选是上海市作家协会所推出的"上海老作家文丛"第六辑之一种，此辑共出版有七本书，另六本为《椿丹集》（庄新儒）、《心影》（吴钧陶）、《域外文谭》（潘庆龄）、《杂感与杂忆》（张军）、《芳草萋萋》（钱鸿瑛）、《巧克力探案》（绍禹）。

宫玺，一九三二年四月十八日生于山东即墨县，幼读私塾，一九五一年一月初中未毕业，参加军干校，在空军预科总队学习，结业后任高射炮兵连文化教员、高炮团俱乐部主任，南京军区空军政治部文化部创作员。一九七八年九月转业到上海文艺出版社工作，副编审。主要著作有：诗集《蓝蓝的天空》（一九六五）、《银翼闪闪》（一九七三）、《无声的雨》（一九八五）、《抒情的原野》（一九八六）、《宫玺自选集》（一九九三）、《宫玺诗稿》（一九九八）、《冷色与暖色》（二〇〇〇）、《宫玺诗选》（二〇〇六）、《庸诗碎》（二〇一二），寓言诗集《关于斑马的传闻》（一九九八），随笔集《青青河畔草》（二〇〇四）、

《人生小品》等。

三月二十九日，收到二十一世纪出版社寄赠的《褚钰泉编辑随笔选》（二十一世纪出版社，二〇一七年一月版）厚厚一大本，随书有此一函：

光阴荏苒，《悦读》主编褚钰泉老师离开我们整整一年了。怀想其一生"以书为伴、为职守、为终极"，读书、买书、藏书、编书、评书，却从未出版过一本自己的文字，思之令人泫然。

去年下半年，我们会同褚钰泉老师的亲友、学生，将其生前所撰文字进行收集、整理、结集成《褚钰泉编辑随笔选》出版，以志纪念。书中甄选的三百余篇文字，历时四十余载，真切地反映了钰泉老师"以书为终极"的一生，文中反复出现的书，是与书有关的人和事，是关乎于书的喜怒哀乐，字里行间渗透着钰泉老师对阅读的挚爱。同时也为我们展现了当今中国书业发展的纷繁脉络，是一份新时期出版弥足珍贵的史料。在他的笔下虽着眼谈书，但亦论世，且其论之"独到与深刻，如利刃断铁风骨卓然"，彰显着一位有担当的智识者的良知与勇气。

本书分为正、副两编。正编收入褚钰泉二十余年间所写的数百篇《阿昌逛书市》以及《书林短笛》的专栏文字，另外还有为所编十余年《悦读》所写的卷首语；副编收入其所写的十一篇采访文字。

三月三十日，收到友人从上海寄来的吴钧陶所赠《心影》签名本一册。此书为"上海老作家文丛"第六辑之一种。吴钧陶在《自序》中写道："我可说是十年磨一剑，每隔十年出一部诗集。二十年前的出版物，'市面'上已难觅踪迹。二十年来'八〇后''九〇后'的后起之秀已成长为社会中坚，其中想必有爱诗者，想必没有看到过我的诗集，不知我是'何许人也'。因此，我这部《心影》中收集的有旧作，也有新作，我把自己认为可以一读，够得上一定水平的东西拿出来供奉给读者，就像孩童们热切地展示他们的'宝贝'一样。"

三月三十一日，子张从杭州寄来《历史·生命·诗——子张诗学论稿》（浙江大学出版社，二〇一七年三月版）签名本一册。本书是作者近年现代诗研究的成果，内容涉及民国时期新月诗派、战后新诗与现代诗、新中国建立以来不同路径诗歌的发展。既有宏观的描述，也有对重要诗人如李广田、穆旦、蔡其矫、吕剑、牛汉、顾城的个案研究，同时作者还梳理了中国诗歌从"新诗"到"现代诗"的诗学演变历程。本书有意避开了一些热闹话题，而有心在某些盲点处开拓，特别是所选择的个体诗人，多为较边缘化的如李广田、蔡其矫、牛汉、吕剑等，因此在新诗和现代诗研究方面有填补空白的意义。

本书分为新诗史论、民国诗人论稿、归来者论稿、续归来者论稿、当代诗人论五卷。子张在扉页题写了这样七个字：诗比野蛮更长久。

## 四　月

四月一日，朱遐从北京快递寄来译著《飞鸟集》（泰戈尔著，海天出版社，二〇一七年三月版）签名本一册。朱遐在《译者的话》中写道：

译者首先是忠实的读者。我被诗人创造的淡泊清透的世界、深邃辽阔的底蕴、耐人寻味的意境深深吸引。作为译者，我的初心是不仅要准确翻译诗作的文字，更要透过参悟诗人的思想灵魂，尝试译出诗作的灵性和生命。译者在此诗集的翻译上主要有三个特点：一是以诗译诗，追求神似；二是以理性表现诗歌的哲性；三是以典雅凝练的文字表现诗歌的唯美。

这本诗集去年作者曾与"开卷书坊"商议多次，本拟在"开卷·译林文丛"中亮相。

四月二日，收到桑农从芜湖寄来的《爱书者说》（桑农著，青岛出版社，二〇一六年十月版）毛边签名本两册及《西窗内外——西方现代美文选》（〔法国〕波德莱尔等著，卞之琳译，桑农编选）签名本一册。

《爱书者说》为"兰阁文丛·开卷书坊"一套十本之一种，目前暂印出《拾叶集》（薛冰）、《雅线意彩》（王晓丹）和《爱书者说》三本，另七本分别为《书生活》（方韶毅）、《新文学旧事》（龚明德）、《谈钱录》（刘桂秋）、《枕边风》（毛乐耕）、《书林旧痕》（韦泱）、《新文学版本杂谈》（朱金顺）、《书脉人缘》（董宁文）等。

桑农在乙未初夏为《爱书者说》所写的跋中这样写道：

五年前，《开卷有缘：桑农读书随笔》一书由台北

"秀威"出版繁体字本，给了五十本样书，我都分送熟人了。内地见过此书的读者，大概也就这数十位。于是，有朋友建议再出一个简体字的版本。因为情随境迁，我一直没有积极响应。现在这本新书里，有一部分就是从那本旧书中选录的。这是需要特别说明的。

前年，我同时出版了两本小册子。有位素不相识的书评家一起买了，对照比较，发现有重复的篇目。他在专栏里热心推荐拙著，对重复的现象也有所批评。这令我十分愧疚。那两本小书，一是按写作年限编的，一是按单一题材编的，各有目标读者，没想到有人两种类型都感兴趣。在此，可以保证的是，《爱书者说》这本书中收录的文章，与我已在内地出版的任何一本书里的文章，没有一篇是重复的。

桑农《西窗内外》的编后记中写道：

前些年，我曾编辑出版过一册戴望舒的译文集《塞万提斯的未婚妻》，似乎颇受欢迎。但也有一些异议，说不该删掉徐霞村的译文。其实，我的编辑意图十分明确，就是要弄一本目前能够收集到的所有戴望舒翻译的阿左林小品，与徐霞村没有什么关系。喜欢戴望舒、徐霞村译的《塞万提斯的未婚妻》，如果为收藏，应该去找"一版一印"。如果只是为阅读，也可去找改版为徐霞村、戴望舒译的《西班牙小景》。我编的那个集子，只是要为读者提供一册尽量齐全的戴望舒翻译的美文读本。

同样，我现在想做的，也是试图为读者提供一册尽量齐全的卞之琳翻译的美文读本。需要说明的是，这里的"美文"，根据卞之琳本人的意思，不包括诗歌、戏剧，也不包括全本的中长篇小说，只是些短篇散章，即散文（含散文诗）和短篇小说（含长篇小说片段）。

现在这个"增补本"，是在"修订版"的基础上，又加以"重建"的。首先是并入《卞之琳译文集》里其他短篇散章，包括那篇《浪子回家》，另选录《浪子回家集》里三篇，以及文学评论四篇。其次是《西窗集》初版中原有的五篇，这几篇在"修订版"中被删除，《译文集》里也没收。最后是赵国忠先生提供的一篇旧报刊上的佚稿。

四月三日，朱冰从北京寄赠《曹雪芹——从太虚幻境到武陵溪》（海天出版社，二〇一三年二月版）签名本一册。

该书是中国第一套"自然国学丛书"的一种，此套研究丛书的任务是：开辟自然国学研究方向；以全新角度挖掘和弘扬中国传统文化，使中国传统文化获得新的生命力；以全新角度介绍和挖掘中国古代科学技术知识，为当代科技创新和科学技术现代化提供一系列新的思维、新的"基因"。它是"一套普及型的学术研究专著"，要求"把物化在中国传统科技中的中国传统文化挖掘出来，把散落在中国传统文化中的中国传统科技整理出来"。

作者在本书的前言中写道："从自然观的角度写曹雪芹，我觉得不但新颖，亦且很有意义。"

作者还说：

曹雪芹一生留下的著作，除《红楼梦》外，还有一部《废艺斋集稿》。后者在一九四三年被日本商人买走后，至今下落不明。国内现存的只有部分残稿。而就是这部残稿中闪耀的包括曹雪芹的自然观在内的巨大思想、文学艺术及工艺技术光辉，就足以使我们重新认识和评价一个新的曹雪芹。正如茅盾先生评价《废艺斋集稿》的诗中所说："浩气真才耀晚年，曹侯身世谱新篇。自称废艺非谦逊，鄙薄时文空纤妍。莫怪爱憎今异昔，只缘顿悟后胜前。懋斋记盛虽残缺，已证人生观变迁。"
在《废艺斋集稿》这部佚著的残文中，可以看到曹雪芹
的渗透着他的哲学观的自然观；由他的自然观发凡的科
学观和工艺技术观；由他的科学观和工艺技术观体现的
社会理想和实践探索。

迄今为止，对《红楼梦》的研究成果用汗牛充栋来
形容毫无过分。但对《废艺斋集稿》的专门研究，除早
期吴恩裕先生所做的初步探索外，至今只有对该书第二
册《南鹞北鸢考工志》的研究出了专著，即孔祥泽三代
人所著《曹雪芹风筝艺术》。该书除对部分残存史料做
了追记外，还从工艺技术角度进行了部分研究。除此之
外还有一些零星的研究文章。但这些研究对《废艺斋集
稿》的写作思想和写作方法等方面都还未能深入涉及。

本书由女娲炼熟补苍苍；"堂前黼黻焕烟霞"在说
什么；善救物者无弃物；善救人者无弃人；敷彩之要，
光居其首；无所不师，无所必师；伟大的人道主义里程
碑七章组成，另还附有曹雪芹《废艺斋集稿》写作系
年（简表）以及三篇附录。

朱冰，中国科学院自然科学史研究所副研究员。专
业方向中国古代技术史。曾参与中国科学院"八五"重

大课题《中国科学技术史》纺织卷、词典卷，参写中国科学院"九五"重大课题《中国传统工艺全集》丝绸卷、历代工艺名家卷，参写《中华科技五千年》并任统稿人之一，该书获第四届国家图书奖提名奖。参写《中国古代要籍精诠》等多部学术著作，发表学术论文十余篇，涉及中国古代技术史、科技考古、文物检测、文献研究、口述历史等领域。

　　四月四日，收到王稼句从苏州寄赠的《四时读书乐》(九州出版社，二〇一六年九月版)签名本一册。这部书是王稼句的自选集，在后记中作者这样写道："尽管'四集''两小'等几本旧作，在网店的卖价已高得离谱，但正因为'悔其少作'，就不想去重印了。由之知道我的想法后，不以为然，在他看来，我的那些少作，如今的年轻读者都不会读过，特别是所谓'书话'，在当时还有些影响，况且这些文章也留下我一路走来的脚印。违拗不过他的意思，也就编了这样一册，还花了十来天做了修订。"

　　四月五日，吴海发从无锡来信：

今年《开卷》一、二期奉收，已读过。谢谢，辛苦了。

刊出的我信，意外，不想刊出的。既已刊出，我想收录在新著中。《开卷》在我心目中略似当年北京大学的《语丝》，当否？出书之难，我在近年有切肤之痛，至今还未找到出版社，一叹。总有聪明的编辑，以为我好为人师者不产写作高手的。错觉误人竟不知旧时机制的偏见，使"独托幽岩展素心"者，徒叹奈何。两年前，沪上订一合同，至今未见出书，奈何！

我在整理三耕书屋藏书，抄录或写作题记，进度缓慢，杂事丛集，做做停停，做了近一年，现在仅得约五分之二不到。昨夜请我孩子誊录二则题记，写法或与大家如唐弢先生略有异样，呈上请过目，并请惠教为感。

又，去年五月在《文汇报》发一长文，请指正。


四月二十四日，叶瑜荪从桐乡来信："今寄奉上海工艺美术学院为印之《容园竹刻》一书，请指正！去年十一月，我和内子秋明玉应上海工艺美术学院邀去做竹刻讲座，并办一小型竹展。承校方热情，配印图册，但未能赶上时间，到展览结束才印出。由于时间匆促，我们未及校对，文字错误很多。简体转繁体，也错了不少。又申请书号至少要两个月，后来未用书号印了三百册。该校邀请讲座、办展，我们是第八位，但印册子尚是首次，故不足之处甚多。有了这次经验，以后当可提高不少。"

四月二十五日，收到沈培金从杭州寄赠的《散叶集——沈培琐忆》（自印三百册）签名本一册。签名落款时间为丁酉谷雨。书前印有代序百余字：

天地出《孤山一片云》后，我仍写些段子自娱。盘存竟有九十余篇。其中有些是天地大编挑剩的。

不知怎的想起新华活页文选。

我影印了几十份，寄给亲朋好友。戏称之为散叶，读后可弃也。

老哥柳乃复建议印成小册子，并自告奋勇担当编务和印务。感激之至！他要我起个书名。

将散叶印成集子，就叫《散叶集》吧！

柳乃复在《编后》中写道：

读完好友沈培金寄给我的《孤山一片云》后，又陆

续收到培金寄我的九十余篇短文，有的是微小说，有的
是小笑话，有的是短通讯，有的是人物特写，有的是城
内旧事，有的是域外新闻，或奏时代之悲歌，或发警世
之良言……却都能在数十字百多字内完成。文笔之简
约，思想之睿智，堪称一绝。再加上他所叙述的人和
事，有的我也是相识相遇；他所表达的思想观点，许多
我也有同念同悟。因而读来更觉无比亲切，感慨系之，
心向往之。

且录书中《起名》短文如下：

一九六四年，我得子，永玉先生为他取名：未迟。
一九六九年，泉润得子，永玉先生为之起名：白雨。好
听又好写。

未迟不爱读书，白雨亦不爱读书。

永玉先生说："真糟，我起名的孩子都不爱读书，
我再也不给朋友的孩子起名了。"

四月三十日，收到友人寄来的《偶拾拈花——苏联
老版画原拓收藏笔记》（孙以煜著，崇文书局，二〇一
七年三月版）签名本一册。作者在题为《我的苏联版画

情结》的后记中写道：

二〇一三年以来，我的苏联老版画、手稿集藏，因数量、规模、影响力加大，开始形成概念。单从规模数量与考量结果看，约略统计，自鲁迅上世纪三十年代，通过翻译家曹靖华在苏联访问期间，用中国的宣纸和苏联版画家换回的版画原拓，加上馈赠，约在一百二十余幅。此后新中国成立不久的一九五六年，公派到列宾美术学院学习的伍必端先生（毕业回国后成为中央美院版画系主任），借助学习之便与苏联版画师友交流、互换所得版画原拓，以《中国美术馆藏——伍必端捐赠苏联时期版画作品集》著录数量看，也只有一百五十余幅。鲁迅先生曾这样记述：

"但这些作品在我的手头，又仿佛是一副重担。我常常想：这一种原版的木刻画，只有一百余幅之多，在中国恐怕只有我一个了，而但秘之箧中，岂不辜负了作者的好意？况且，一部分已经散亡，一部分几遭兵火。而现在的人生，又无定到不及薤上露，万一相偕湮灭，在我，是觉得比失了生命还可惜的……"

伍必端先生在《中国美术馆藏——伍必端捐赠苏联时期版画作品集》中表示："我是由国家送到苏联学习

的，现在我认为应该把我收藏的这批珍藏了四十六年的
苏联时期版画捐赠给中国美术馆，让这批作品能有机会
和更多更广的观众见面。"

除此外，中国业界还有一位苏联版画收藏大家，那
就是中国版画家协会主席李桦先生，上世纪五十年代
末，他率中国版画代表团访问苏联以及后期交往中，有
相当数量的苏联版画原拓馈赠，没有数据统计，仅从著
录出版情形看，也当在百余……

这是我从官方著录获得的苏联版画藏品在国内的些
许情况。而我个人的苏联版画藏品，已臻上述总和的二
十倍计数，并且先贤们涉及的苏联版画家，藏品中多有
涉猎。


我知道，相对于油画，版画与手稿是时效性最强也
最能真实地反映一个国家文化艺术面貌的文献。因为，
油画的独幅性，使得重要画家的画作，多被国家馆藏，
少有外流，独有版画的复数性，时效性，却恰好可以完
成这样的一个梦想。了然个中情味，专门就苏联版块的
画家画作，进行民间寻访与打捞，便成为我十几年莫斯
科商旅潜心成就的一个事情。

正如鲁迅先生所言，存世半个世纪以上的苏联老版

画，很多都已成孤品和文物，此中蕴含的历史、文化、艺术信息是其他任何形式的美术作品都无法企及的。为求甚解，一本俄罗斯美术史，我借助北京——莫斯科航程八小时多次往返，读了不下六遍。当古俄罗斯艺术对拜占庭艺术的复制与模仿；当彼得大帝、叶卡捷琳娜全面欧化改革的一百年；当从批判现实主义、巡回展览画派到二十世纪初"艺术世界"欧洲现代主义的介入，以及社会主义现实主义这些个枯燥的历史数据于我耳熟能详的时候，我突然感到，脑中如同开一扇亮窗，那个潜在于心的朦胧目标和想法，渐趋清晰起来——苏联美术，一个牵涉了中俄几代人的文化历史记忆，已经成为文献和标本，是历史和文化不可或缺的链条与组成。因此，当我按图索骥，按美术史著录的苏联画家阵容打捞、考量之后，便越发地觉得它的价值和意义是多么的令我身心荡漾，激动不已。

# 五　月

五月一日，阳卫国从株洲寄赠《书长书短》（岳麓书社，二〇一七年四月版，印数：一千二百册）签名本一册。

五月二日晚，与陈子善、陆灏、袁继宏、唐益君在上海小聚，陈子善赠《不日记三集》（山东画报出版社，二〇一七年三月版）毛边签名本（作者毛边本五十部之一）及《一瞥集——港澳文学杂谈》（广西师范大学出版社，二〇一七年一月版）签名本各一册。陆灏应嘱在我所藏其香港版《东写西读》（花千树出版有限公司，二〇〇九年六月版）、《看图识字》（花千树出版有限公司，二〇一〇年七月版）两本书上签名留念。

近日，《译林》杂志创办人、译林出版社首任社长李景端的新作《风疾偏爱逆风行》由商务印书馆出版。最早译介西方当代流行小说的《译林》杂志，顺应对外开放的潮流，三十年来从一本杂志，发展成知名的专业翻译出版社，又连续八年经济实力位居全国文艺出版社之首，曾被媒体誉为出版界的"译林现象"。本书通过作者周折的出版实践，展现了译林人艰难图强、齐心创业的发展轨迹。这对编辑工作，乃至更多的领域，都具有启发与借鉴作用。书中还回顾了作者与钱锺书夫妇、萧乾夫妇，以及冰心、季羡林、杨宪益、戈宝权、余光中、林青霞等一大批名家交往的故事，其中首次披露的钱锺书给作者的多封信件，更是文坛有参考价值的史料。

五月三日，收到董国和从唐山寄赠的《长正著作年表》（董国和编，二〇一七年四月自印本）签名本一册。

长正，原名张延毅，一九三〇年出生，祖籍河北丰润，少年家贫，在乡做雇工，后流落城市做童工。喜爱皮影鼓书。一九四九年开始涉足文学创作，以小说散文见长。现为中国作家协会会员，国家一级作家。曾任《水泥工人报》《工厂文艺》编辑，《唐山文艺》副主编，唐山市文联副主席，唐山市文学工作者协会主任，中国人民第三届赴朝慰问团代表，被选为河北省文联第四届和第五届文代会代表，被选为河北省文联第四届委员会委员，中国作家协会河北分会理事，河北省首届青年代表大会代表，唐山市第七届人民代表大会代表，出席过全国首届青年文学创作者会议，一九九〇年离职休养。中国文联授予从事新中国文艺工作六十周年荣誉证书，河北省文联颁发河北省文艺六十年贡献奖。

董国和，一九四八年出生，现为自由撰稿人，曾在《文汇读书周报》《新文学史料》等多家报刊上发表过二百余篇文章，出版有《闲读乱弹》《丁酉文厄录》等著作。

五月九日，沈培金从杭州又寄来一册《散叶集》增订本，前本的页码为九十八页，这次增订本为一百页，查看了目录，在《编后》之前，增加了《乐乐》和《邵飞信摘》两篇。

五月十二日，收到张建智从湖州寄赠的三本书，分别是《绝版诗话二集》（复旦大学出版社，二〇一六年十二月版）、《书心痕》（上海科学技术文献出版社，二〇一七年三月版）签名本各一册，另一本为总编审的《湖州民国史》（湖州民国史研究院，二〇一六年第二期，系自印本）。

五月十九日，王淼从山东单县寄赠《糖纸·烟盒·拨浪鼓》（北岳文艺出版社，二〇一七年四月版）签名本一册。

王淼，笔名慧远，自由撰稿人、专栏作家，曾在《博览群书》《书城》《书屋》等多家人文杂志上发表大量思想文化性散文、随笔。著有文学评论集《非常美境——搅动心灵的湖水》《非常迷狂——身体自有主张》《左手新书，右手旧书》。

五月二十日，收到王犁从杭州寄赠的《忍不住的表达》（河南美术出版社，二〇〇七年一月版）签名本一册。作者在自序中说："这册小书编选的文字中，第一部分的十篇短文，是我在美院工作至今的十二年里，于本科教学中碰到很多无奈时写的，大部分刊登于《东方早报·艺术评论》《中国文化报》《美术观察》等媒体。第二部分是书信。在教学岗位上，常常收到同学们的电子邮件，只要言之有物，我都会一一回复。读者或许更能从这些往返信件中，了解到美术学院的现状。这些不同时间的通信，以大二、大三、大四的顺序编辑，也是因为学生在本科四年间对事物的认知会有很大变化，有时大二的语言有些偏激，大三就会温和很多，这或许就是成长吧。"

王犁，一九七〇年生于浙江淳安。现为中国美术学院艺术管理与教育学院副教授，博士研究生在读。出版有文集《书桌画案》（四川美术出版社，二〇〇八年一月版）、《排岭的天空》（广西师范大学出版社，二〇一五年十一月版），以及个人画册多本。

五月二十一日下午，陪北京罗雪村看望九十八岁高龄的翻译家杨苡先生，所谈甚欣。第二天，因罗雪村以为他的墨镜落在昨天坐的沙发上，故去寻找，得以再次畅谈一番。

　　五月二十二日，何频从郑州寄赠《茶事一年间》（大象出版社，二〇一七年一月版）签名本一册。此书为李辉主编"副刊文丛"之一种，收入作者历年刊发于《文汇报·笔会》的四十余篇随笔。

　　五月二十四日，罗雪村从北京快递寄赠《我画文人肖像》（大象出版社，二〇一七年一月版）签名本一册及《罗雪村绘作家故居》明信片、《罗雪村绘作家肖像》明信片各一套。罗雪村在赠书的扉页上写下了这么一段话，很有诗情："有空时就随手翻翻。这是我的第一本书，会有很多毛病。你编书、写书、爱书、懂书，又编了二十余年《开卷》，肚子里装了那么多名家故事，这次在南京，观你舔笔濡墨在宣纸上展开气象……忽然觉得，时间让你也慢慢成了一本书。"半个月后的六月十日，看到微信朋友圈靳逊发的一段微信，特录如下：

　　罗雪村这名，我因孙犁而知道，孙犁逝世后，出版社出版孙犁的纪念集，收了罗雪村一张藏书票，我一下就被这张藏书票给迷住了。从此记住了他。

但罗雪村是谁？我不知道，后来，因为留意了这个人，才知道他在人民日报社副刊部，既是漫画家，又是副刊编辑。

李辉主编"副刊文丛"，我早就留意了，最近买了一套"心香一瓣"，是因为我过去读《人民日报》最愿意看"心香一瓣"，短文，却承载了大量的历史信息。在浏览"副刊文丛"目录时，我看到有罗雪村一本《我画文人肖像》，也不管便宜不便宜了，当即下单就买了。

我从后面一篇篇看此书，文短却意味深长，加上他为每个文人画的漫画，一篇文章占三四个页码，读起来感觉很舒服。

其间，我给主编李辉发微信说：罗雪村的《我画文人肖像》，画文俱佳，仁兄要督促他再出。江西书友易卫东读书细致、认真，我们交流时，我也提醒他读读《我画文人肖像》。在我眼里，罗雪村写人画人，神形兼备，尤其是故人，他用素描的简单方式，涵盖了每个人的一生，这很难得。


五月二十八日，收到赵细从兰州寄来的《孤灯下的记忆》（山西人民出版社，二〇一七年四月版）三册，

其中一本为签名本。本书分为三辑，分别为思亲、忆旧
和谈艺，二十余万字，近三十篇长短不一的叙事文章，
文笔清新简洁，文风朴实犀利。书中所写到的人物除了
父母赵俪生、高昭一之外，还写到了父辈的师友王瑶、
孔祥瑛、陈大羽、童书业、张政烺、周明镇等先生。书
中还收录了《贺〈开卷〉》一文，此文是为祝贺《开
卷》创刊十五周年而写，文中写道："我家两代人与
《开卷》结缘。十多年前在父亲的书斋得识此君。父母
逝后，作为子女延续了与《开卷》的往来，偶尔也为其
写篇不像样的小文，混在诸大家中冒充斯文。承蒙董宁
文先生不弃，也均被录用。通过此刊物还结识了兰州的
军旅作家张际会。我们彼此发现在兰州地面上就我俩在
《开卷》上发表文章，于是结为文友，不再孤独。两人
相互鼓励、交流、探讨，看看哪些思路还可以总结一
下，写成文章。所以《开卷》先使我们成为它的读者，
后逐渐演变为它的作者，同时让我们认识了许多从未谋
面的文友，了解了他们的文风，也启发我们把视野投向
更广阔的地界，涌动了要表达某种思想的欲望。"赵絪
在本书后记中说：

　　自独居以来，我一直沉湎于临帖、画画之中，没有

动过写作的念头，时任甘肃省美协副主席的画家杨立强先生对我不从事写作深表遗憾："你有那么多的素材，叙述得又很生动，为什么不记录下来呢？"同时他还表示，他们成县办了一个《同谷》期刊，文章写出来可在那上面发表。我就开始动笔，写了几篇千字文，放在这偏远小县城的杂志上试试水。那是二〇〇六年，母亲刚刚去世，一年后父亲也走了。难舍二老带我六十年的亲情，一篇篇的怀念文章在孤灯下写了出来。承蒙《老照片》的编辑冯克力先生将这些文章陆续发表在《老照片》和《温故》之上。近十年的光景，也积攒了二十几万字，在山西人民出版社的关注下，愿将其汇集成册。这样终于可以在父母百年诞辰之际，将其呈现在父母灵前，以为迟交的作业。

本书列入汉唐阳光所策划的家族史系列，目前该系列已出版有《董鼎山口述历史》（董鼎山口述，王海龙撰写）、《一个戴灰帽子的人》（邵燕祥著）、《叶：百年动荡中的一个中国家庭》（〔美国〕周锡瑞著）、《一片冰心在玉壶：叶笃庄回忆录》（叶笃庄著）、《蹉跎坡旧事》（沈博爱著）、《张学良口述历史》（张学良口述，唐德刚撰写）等。

五月二十九日，屠岸从北京来信：

尊编《开卷》每期获赠，非常感谢！

《开卷》是民刊中的佼佼者，时常从中读到美文和精彩的文章，有时超过正规的期刊，令人叹赏！

兹奉上拙文数篇，以供选用：

韦泱著《百年新诗点将录·序》（屠岸）

屠岸译《莎士比亚十四行诗》译本序（屠岸）

屠岸译《济慈诗选》前言（屠岸）

屠岸诗集《晚歌如水》自序

有的文章如嫌太长，您可以删削，事先不必征求我的同意。

《开卷闲话》一栏，记录了文坛艺坛的许多活动，补充了"正史"的遗漏，功不可没。

《开卷》已出到第十八卷二〇一七年第三期，不知总的已出到多少期？过了两百期了吧？应该择日庆祝。

五月三十一日，收到韦泱从上海寄赠的《沈寂人物琐忆》（沈寂著，韦泱编，上海社会科学院出版社，二〇一七年五月版）编者签名本一册。韦泱在题为《春夜灯下忆沈寂》的代序中写道："时光匆匆，沈寂先生（一九二四—二〇一六）离开我们将近一年了。但是，我总觉得，他仿佛还活着。一年来，我依然如他生前一样，为他选编《沈寂人物琐忆》，就像为他编前一本《昨夜星辰》那样，包括操办其他一些相关事宜。他似乎还亲切地在我身旁，没有离开过我的视线；他虽死犹生，一如既往地活在我们的生活里。在选编《沈寂人物琐忆》一书的过程中，我常会浮想联翩，想起与他相处时听他叙谈的许多往事，有的甚至鲜为人知。"该书分为"文坛画苑"和"谈戏说影"两个部分，回忆涉及的电影戏曲以及文坛画界的人物有阮玲玉、周旋、哈同、柯灵、齐白石、华君武、贺友直、孟小冬、言慧珠、童芷苓等数十位。韦泱在给我的短信中说："沈老一生史料多多，不编集就散失了，有多大困难我也要编成出版。有人说，捧着友人嘱下的稿件犹如捧着一团火。真有这一感受。"

## 六　月

六月一日，收到酸枣小孩从济南寄来的其主编的《向度》（二〇一七·夏）一本，此夏季号的《品城》专栏为河南专题，此专题由《郑州，一座御风而行的城》

（张生丽）、《洛阳老城》（逯玉克）、《汴梁，一具破旧的褰衣》（曹文生）、《相州八记》（扶风）和《南阳印记》（叶知秋）五篇文章组成。

六月四日上午，与张元卿陪从天津专程前来南京的王振良看望杨苡先生。刚落座不久，杨苡先生对王振良说，我看你很像青年时候的黄裳，然后让大家看她书柜上的一张黄裳与众友人的合影。我们一看，确实很像。前一天，赵蘅刚从北京回南京看望妈妈。宾主五人相谈甚欢。

六月六日中午，赵蘅在南京赠《呼兰河传》（萧红著，赵蘅插图，春风文艺出版社，二〇一七年五月版）插图签名本一册及傅靖生所作，赵蘅新著《和我作长夜谈的人》（南京师范大学出版社，二〇一七年二月版）藏书票一套。

六月八日，姚振发从杭州寄赠《远去的回声——晚茶三杯》（上海三联书店，二〇一七年二月版）签名本一册。作者在题为《最后的晚茶》的后记中写道：

《晚茶三杯》终于付梓，心中一阵轻松。至此，连同以前的《晚茶一杯》《晚茶二杯》，总算完成了一个没有系列的系列，实现了平生的夙愿。手捧"三杯"，敝帚自珍，岂有不高兴之理？

现今三本"晚茶"完成之际，我特别要感谢三本书的序言作者。他们是：陈冠柏的《迟来的"嫁衣"》、张抗抗的《晚茶心语》和周瑞金的《难得人生三杯茶》，他们都是大手笔，不吝为我这些零零散散的"劳什子"作序，恩泽有加。序言提炼概括，细心评点，美言鼓励，因而使这"三杯茶"提高了温度，淡有余香，清可回味。常人以为拉名人作序，实为自己脸上"贴金"。我倒并非"此地无银三百两"，洗刷攀名人之嫌。这三位都是我的挚友，在长期的交往中，他们也对我最关心、最了解。


六月九日，收到武德运从西安寄赠的《作家笔名趣话》（大象出版社，二○一七年四月版）签名本一册。此书收入作者所作五十余篇有关笔名的文章，从文中《作家习惯用笔名》《署用笔名为哪般》《姓名简化成笔名》《笔名明志》《名字带来的灾祸》《鲁迅替人取的笔名》《二人共用笔名》《"文革"中流行的笔名》《外国作家也有笔名》《外国作家取中国笔名》这些题目亦可体味到笔名的趣话与故事。

六月十二日，收到严晓星从南通快递来其主编的《掌故》第二辑（中华书局，二〇一七年四月版）精装毛边签名本一册及《松庐琴学丛稿》（梁基永著，重庆出版社，二〇一六年十一月版）精装毛边本一册。

《掌故》第二集刊文如下：《吴湖帆和周鍊霞的订交与相识》（刘聪）、《小万柳堂纪事》（艾俊川）、《唐孙位〈高逸图〉轶事》（柳向春）、《狄平子的鉴藏生涯》（励俊）、《梁鸿志"三十三宋"钩沉》（胡文辉）、《沪上学书撮忆——从傅山〈哭子诗卷〉说起》（白谦慎）、《画坛轶趣（上）》（周昌谷）、《钱默存收女弟子》（范旭仑）、《在夏瞿禅承焘先生身边的岁月》（雪克）、《读书种子谢兴尧》（柯愈春）、《金"译匠"与沈仲章的人间"天缘"——金克木与沈仲章：难忘的影子（二）》（沈亚明）、《"走出疑古时代"的背后——从〈日记〉看顾颉刚与李学勤的交往》（雷燮仁）、《〈沁园春·雪〉在延安的流传》（宋希於）、《高贞白与来维思》（许礼平）、《香港的〈掌故〉月刊》（何家干）、《艺林烟火录（二）》（唐吟方）。严晓星在《编后语》中写道：

推出《掌故》第一集时，我们原不曾妄自菲薄，但反响之大仍然超出预期。媒体和读书界的关注不谈，半年之内加印两次，也颇能说明问题。在第一集编后语中，我们推测作者对《掌故》的信任与耐心来自他们对掌故这一文体的热情，现在或可进一步说，同样的热情也蕴藏在大多数支持《掌故》的读者心中。我们自身的成绩当然有限，惟适逢其会，乃能推波助澜。至于因为《掌故》而引发的对掌故内涵、写法、历史的考察，甚至促使很多人去思考掌故与史学的关系、掌故在现代社会的意义等富有启发性的话题，就是意外之喜了。

作者队伍的扩容，在这一集得到了明显的体现。刘聪先生是周錬霞研究专家，由他来写"吴湖帆和周錬霞"系列，无疑最是得心应手。艾俊川先生长期关注小万柳堂故事，让小万柳堂"走出旧掌故，显露真面容"，堪称探求真实与平衡趣味的绝佳之例。柯愈春先生与学者谢兴尧为至交，用十七个片段写出前辈风貌，非外人所能道者。许礼平、白谦慎两位追记各自交游的长者往事，其文醇、其思远。同为一代人的范旭仑、雷燮仁关注看似不足道的细节，却都着意由外而内描摹人物，星花旧影，耐人寻味。我们还首次在中国大陆发表已故画家周昌谷先生的未刊旧作，并期待挖掘更多有价值的同类稿件。

梁基永在《松庐琴学丛稿》的自序中写道："予习琴十余载，性甚疏懒，够挑剔抹，迄无所成，惟性好古，器玩典籍，皆所深嗜。十余年间，所见所闻，关系琴学者，辄笔录之，近年又以游历之便，得交国内外诸琴学家，见各国所藏琴器与文献，随时记录，乃成此一编。不敢谓之文献，特识其小者而已。小斋所藏有元赵松雪遗琴，原为王畅安先生俪松居长物，九德俱全。又得归善邓铁香御史篆书'松庐'匾额。容膝之地，数松骈集，亦小斋之因缘也，遂以松庐颜其居。复蒙重庆出版社不弃谫陋，索稿灾梨，严晓星、孙俊峰两兄费心校正，既愧且感。"

梁基永，号礼堂，广州人，文学博士，书画家、藏书家，现为大学教师。出身西乐世家，后随谢导秀、姜抗生两先生习琴，略窥门径，从事古琴文献与琴器搜集多年，所藏颇富。现为广东省音乐家协会会员、广东古琴研究会理事、岭南古琴研究所所长。

六月十五日，收到西安梁锦奎寄赠的《听剑楼笔记·云烟》（生活·读书·新知三联书店，二〇一六年十二月版）签名本一册。本书是作者继《听剑楼笔记·花影》之后的第二本文化随笔，主要内容是作者近几年走过的一些历史文化名城以及与这些城市相关联的山水地理环境所写的诗意解读，是一部涉及文学、历史的读书笔记。

作者在本书的《序》中这样写道：

"读万卷书，行万里路。"行前的读书预习和行后的读书印证，都很重要，尤其是行后读书，可以帮助回顾、思考"万里路"所见所闻，获益更大。因此，尽管许多外出都是匆匆来去、走马观花，但每次归来，我总要抽空重新浏览沿途拍摄的照片，翻阅相关地图，核对地名，检索历史，特别是偏好查找有关诗词资料。钟嵘在《诗品》中说："动天地，感鬼神，莫近于诗。""凡斯种种，感荡心灵，非陈诗何以展其义，非长歌何以骋其情？"当年古人每过一地都会留下感人的诗词，今天我们追随他们的足迹，重温那些传世名作，会得到新的启示，动情共鸣。这样，有些地方虽然只停留了很短时间，但美好印象和眷顾情愫可能不亚于当地居民。把这些经过细读细想的文字整理出来，就成了这本书。或许能给读者一点参考。

书名受王维《千塔主人》诗句启示："所居人不见，枕席生云烟。"上一本《花影》是俯瞰花开花落、荣枯有时，这一本《云烟》是仰望云卷云舒、岁月永恒，都是奢望通过探索天地万物，充实内心世界，使人生追求从生存需要上升到自我实现。

世间景物，最难捕捉的无非是天上的云、地上的烟：千姿百态，飘逸无定，变化多端。山水画家会用"留白"的方法表现云烟，这本书却需要用"填空"的方式来表现历史的云烟。作者试图把所历、所见、所闻、所感记下来，也似丹青泼墨，不是高手，极容易费力不落好，更可能是一种不自量力。好在本书关注的焦点主要集中在古城文化遗产保护，许多话题众说纷纭，作者的参与，不过是一孔之见，当然欢迎大家批评指教。

梁锦奎，笔名"今夔""听剑楼""云烟客"。祖居陕西省西安市。喜爱文学、艺术，酷爱读书、藏书。长期从事文史资料研究工作，涉猎历史文化、经济研究等领域。

六月二十六日，屠岸从北京寄来《舒芜，其人其事》一稿并附信：

我有一篇文章《舒芜，其人其事》，附上，我希望此文能在《开卷》上登出，请您审阅。

舒芜，其人其事

屠岸

《新文学史料》2017年第二期（总第155期）上，发表陈早春同志的文章《折磨你也相似舒芜》，我已拜读。陈早春的文章写到人民文学出版社的一些工作进程，有史料价值。陈早春的文章中有一段文字这样写的：

在我与舒芜的解析交往中，一是觉得他是个才情横溢的学者，极道人之所未能道，有见地；二是觉得他为人本分，很少有为受挫涉者以世故，胸怀坦荡。……但他自己也承认缺点，由于他应理你的要求，参出了胡风给他的"密信"，以致使许多文化人成了罪因，酿成了"胡风反革命集团"的大冤案。这让他挨了许多人的咒骂，怪他成为告密者，罪孽深重。错乎？冤乎？只好听凭历史的审判。个别人加提光，发表一己之审辞，似也是可以理解的。但我认为，这是时代的

屠岸《舒芜，其人其事》手稿

对舒芜此人的评价，牵涉到大是大非的问题，不能打马虎眼，因为，历史不容歪曲，不能伪造。

《开卷》立场公正，经常登出好文章，我很喜读，也常从《开卷》所登文章中得到启发。

我今年已九十五岁，老迈昏聩，眼有白内障，耳朵重听。但蒙上帝错爱，死神还没有前来与我握手。所以，我现在是做一天和尚撞一天钟（不是消极的）。既然还没有达到终点，那就继续奋进。

祝《开卷》兴旺发达！


六月二十九日晚，出版人、四川文艺出版社社长吴鸿在克罗地亚考察时突发心梗，不幸去世，年仅五十三岁。

七月十一日下午，"诗送吴鸿——吴鸿纪念诗会"在成都举行。

吴鸿生于一九六四年，身为资深出版人，其在担任四川文艺社社长期间，曾出版过陈忠实、王蒙、阿来、麦家、虹影、韩少功等国内诸多文坛名家的重要作品。还出版过阿来的非虚构名作《瞻对》，畅销书《琅琊榜》等。身为作家，吴鸿著有《永远的宝贝》《怪斋杂记》《近墨者墨》《舌尖上的四川苍蝇馆子》等作品。

# 七 月

七月三日下午四点十六分，古典文学、词学研究学者，南京师范大学文学院教授常国武先生在南京因病去世，享年八十九岁。

常国武，一九二九年十二月生，江苏南京人。一九五一年六月毕业于南京金陵大学中文系。毕业后分配到南京市政建设委员会担任秘书，一九五六年三月调至南京市公用事业局担任秘书。一九五六年十月调至南京师范学院中文系任教。历任助教、讲师、副教授、教授，一九九五年二月退休。

常国武先生长期从事古典文学、诗词学等学科的教学与研究工作。他曾主讲过中国古代文学史、宋代文学史等多门课程，并与孙望先生合著《宋代文学史》，曾发表《碧山、草窗、玉田三家词异同论》《稼轩词臆说》《论梦窗词》等多篇重要学术论文。

七月五日上午，常国武先生生前友好、学生及家属朱文泉、王本兴、蔡玉洗、俞雨华、颜煦之、杨昊成、徐战前、王浙东、薛国安、罗邦泰、卢力彬、邹建东、徐克明、张俊、鲁同群、俞润生、丁骏、张岩磊、李瑞峰、王治中、陈少松、戴岚、周先惠、董宁文等百余人在南京西天寺为其送行。

送别仪式上，俞雨华代表父亲俞律先生为老友诵读了其所作悼诗：

## 哭国武诗兄

诗酒风流梦一时，百年昏雨力心疲。

古今一种伤心泪，都为伯牙别子期。

二○一七年七月三日下午五时，得张教务长电告，赋此一恸。菊味俞律于古金陵寓次。

我腰病不能遗体告别，谨以悼诗一首，请剑明携去，代为诵之，庶几慰亡友于天上。俞律再

送别会后，罗邦泰、邹建东、王浙东、董宁文四人与俞雨华一道前往惜余春堂看望俞律先生，众人回忆与常老的交往点滴。俞律先生出示常老六月初寄给他的绝笔：

## 和俞律诗兄古绝四首

少年君乃一帅哥，宜扮青衣或花旦。若然压倒梅兰芳，四大美男①君其冠。

予生不幸逢乱世，八旬频过鬼门关。千刀万剐余一息，《录鬼簿》②犹不肯刊。

锦城春色满天地，小驻一病几呜呼③。

美食入口同嚼蜡，无奈扶杖还旧庐。

春去夏来总烦忧，避热无计似楚囚。

往岁结伴登匡岳④，今年老病愿难酬。

弟　常国武未是笔

① 民国时期，世人目汪精卫、梅兰芳、周恩来、张学良为吾国美男子。

②《录鬼簿》，元人钟嗣成著，内录金末至元代中期杂剧、散曲已逝之作家八十余人。

③ 今年五月去成都，住小女家，旅途劳顿，复染风寒，萎靡不堪，言状，因亟返宁就医。

④ 予去匡庐避暑已二十四度，今夏能否再游，尚难逆料。


数日后，蔡玉洗先生发来以下两首悼诗：


丁酉六月九日，惊闻国武先生病重入院，心急如焚，哀痛感怀。

一生问学著文章，桃李满园走四方。李杜诗风浸骨肉，苏辛血脉润肝肠。书崇汉魏颜公体，品出儒宗孔孟行。晚境心高游八极，夕阳无限祝安康。

丁酉六月十一日，国武先生因病驾鹤西去，悲痛赋诗，追忆哀悼。

忘年友谊见相融，一室春风入梦同。漫步青山游五岳，栖居湖畔戏卧龙。诗文论道焉知晚，书艺真传数代通。西去路途多故旧，清茶美酒尽余盅。

不日，邹建东亦写下《怀恩师常国武先生》：

住列儒林称翘楚，东湖相遇建成初。
追随匡岳寻幽境，侍坐云亭话旧书。
白石雅词详注尔，猛龙孤本独传予。
梦中执手贪欢笑，问赋潸然叩墓庐。

七月十二日，胡剑明发来俞律先生所书《哭国武诗兄》墨迹：

诗酒风流梦一时，百年昏雨力心疲。古今一种伤心泪，都为伯牙别子期。

七月九日，"七月派"诗人罗飞在上海因病去世，享年九十三岁。

罗飞，本名杭行，江苏东台人，一九二五年出生。十六岁发表第一篇抗战小说，之后以写诗编诗为主要的文学活动。曾出版诗集《银杏树》《红石竹花》等。

七月十二日，又收到胡剑明发来的俞律先生再作的《哭国武诗兄》：

一

诗酒风流梦一时，百年扰扰已心疲。古今一种伤心泪，都为伯牙别子期。

二

大矣死生诚痛哉，兰亭从此少君来。何当再见常侯笑，秋月春花会一回。

三

乌飞兔走石头城，大江东去浪声声。未央楼上无边夜，唯有月光依旧明。

四

朱炎应不到天方，好去白云生处乡。倘有人间衣绿客，寄吾小字十三行。

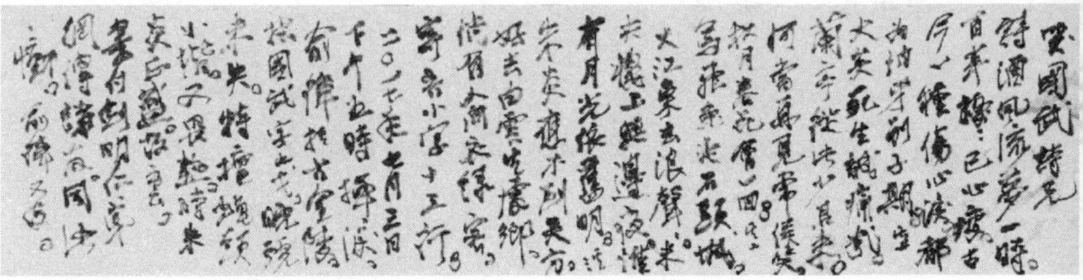

俞律所写《哭国武诗兄》墨迹

二〇一七年七月三日下午五时挥泪。俞律于古金陵。按国武，字止戈，晚号未央，特擅蝇头小楷，又畏热，时朱炎正盛，故文云。书付剑明仁弟，网传诸友，同此一恸。俞律又及。（慰亡友于天上）

七月十四日，屠岸从北京来信：

贵刊《开卷》二〇一七年第五期上登有文章，谈到周作人，对这位"知堂老人"尊敬有加。

周作人是鲁迅的弟弟，"五四"时期，发表过不少散文名篇，其声名不下于鲁迅。抗战爆发后，他拒绝南下参加抗战阵营，他留在北平，当了个不折不扣的汉奸。

我认为，为了避免误导读者，应该让读者知道真相，我写了这篇《周作人，其人其行》的文章，寄给您，是我向贵刊投稿，请予审阅。如认为可以，请在贵刊发表。

我今年九十五岁，"此身行作山大"，但既然还没有到达终点，我就做一天和尚撞一天钟（不是消极的）。

《开卷》是民刊，但拥有广大的读者。我就是《开卷》的"粉丝"。

祝《开卷》越办越好！

七月十六日，杨昊成写就：

## 悼常公国武夫子

金陵名儒常国武，诗文书法夸双绝。

学高身正垂世范，桃李三千遍天下。

梦里长吟寻常事，五步成诗胜子建。

健豪一枝千万字，真行草隶各有体。

能聚财却不聚财，千金散尽还复来。

三十年前文游台，初识先生建安才。

忝列门墙学作诗，诗才不发转临池。

随园十载颜鲁公，仙林廿年张猛龙。

声声教诲犹在耳，学书必先学做人。

沉疴再四侵我躯，数顾寒庐慰苦疾。

清茶一杯烟一支，并坐促膝忘几时。

老来心境偏苍凉，燕居栗里自称王。

不与狂徒争强胜，甘守静斋天年养。

一生悲欢走笔端，三十万言自叙传。

老骥八十心犹雄，从我牙牙学英文。

耄耋难忘日搦管，小如蚊腿大如椽。

自信体笔双双健，可比衡山文徵明。

炎炎暑热何足惧，今年还上庐山巅。

霹雳一声噩耗来，夫子遽然归道山。

谁言吉人有天相，小人逍遥君子沉。

音容笑貌犹宛在，驱前泪眼看不真。

灵前跪拜哭吾师，吾师静卧不作声。

须臾化作青白烟，遥遥直上九重天。

兀坐书斋两眼痴，旧事前尘枉为诗。

从此漫漫苦长夜，残月孤灯伴无眠。

亚父亚父声声唤，夜阑人睡入梦来。

# 八 月

八月十一日，丁杨从北京发来网信："昨天又收到最新的《开卷》，有一册是纪念杨绛先生特辑，很有意味。不觉间，蒙您惠赐《开卷》也好多年了，没能为《开卷》做什么，只是默默拜读。惭愧。犹记得二〇〇〇年南京全国书市期间，我住在凤凰台，发现房间里有《开卷》，读之颇为惊喜，此后获悉，可以读过带走，更加高兴。就此，开启十几年的《开卷》忠实读者旅程，后来又在民间读书报刊活动上结识您，转眼就这么多年过去了。您还在一辑一辑编《开卷》，对此，我是既佩服又羡慕。真心期望这份薄薄的漫溢书香的小刊物能无限久地进行下去。这次上海书展我不过去了，遥祝董老师在书展期间的活动顺利，也期待接下来您编辑、策划的新书。"

八月十五日，唐吟方从北京寄赠《艺林烟云》（广东人民出版社，二〇一七年七月版）签名本一册并附信："《艺林烟云》奉上，请批评指正。今年兄的书运蓬勃，所编丛书一时齐发，以读书界三分明月而言，其盛景一分在金陵《开卷》矣，可喜可贺！明年的'开卷书坊'是否已在筹备了？但愿明年的'书坊'能列入我的一本。《〈开卷〉二〇〇期》甚好，只是年谱部分若以大事记的方式呈现更好！"

薛永年在为该书所写的序中这样写道：

笔记体的著作，既是积学的方式，也是片段的研究成果。古人说，"积学可以致远"，读书也好，看画也好，访古也好，得益于朋友的多闻也好，只要处处留心，一点一滴地积累，学问就一定会做得扎实精致而别有所见，可以向专著发展，也可以直接问世，既佐谈资，也可为别人的研究提供生动丰富的资料。

毕业于中央美术学院的唐吟方，属于"六〇后"的书画家，因出生在人文荟萃的浙江海宁，早得桑梓名宿指点，又多年工作于《文物》杂志与《收藏家》杂志，有机会广泛接触艺坛名流，了解艺林掌故，熟悉书画趣闻，也许受郑逸梅《艺林散叶》的影响，多年以前就出版了《雀巢语屑》，记载艺林的所见所闻，文词简练，叙事生动，缤纷多彩，趣味横生，早已脍炙人口。

近年，他又写成了《艺林烟云》，时间跨度，始于民初而终于当今，内容范围，囊括书画金石鉴藏流通，旁及诗词文史。有掌故、有趣闻、有鲜活的人物剪影，有生动的故事情节，有名人对工具材料的选择，有时风流转的叙说，有明人楹联的杜撰，有作伪秘辛的揭露……不乏宝贵的经验，多有珍贵史实，记述风趣，观察精到，有所褒贬，可谓集史料性、知识性、欣赏性、趣味性为一体的笔记体艺文著述。

唐吟方，初名吟舫。一九六三年出生，浙江海宁人。一九九二年毕业于中央美术学院艺术研究室。先后担任《文物》杂志、《收藏家》杂志编辑。长期关注近现代艺术史、收藏鉴定史，并涉及研究写作，兼事书画印创作实践。出版有《雀巢语屑》《尺素趣》等。

八月十五日，宫玺从上海寄来《诗外打酱油》
一首：

久卧病床，思绪昏茫，随笔记之，信口雌黄——
昔人已乘黄鹤去，黄鹤一去不复返。
李季献身玉门关，闻捷还魂归天山。
高调放歌贺敬之，望穿星空郭小川。
海恋毕生蔡其矫，曾卓白发老少年。
从前都说绿原好，而今众口夸牛汉。
公刘出岫一朵云，李瑛树老身不变。
诗心文胆邵燕祥，严阵彩笔画春天。
弃马改装张永枚，巴山蜀水梁上泉。
附身泥土张志民，沙白渚清忆江南。
塞北梁南心不死，牛气十足孙静轩。
性灵狂放黎焕颐，雁翼心野梦难圆。
今天崛起朦胧诗，北岛舒婷顾城杨炼……
秋后盘峰又论剑，西川于坚欧阳江河翟永明……
前浪后浪浪赶浪，岁月蹉跎莫等闲。
岁月蹉跎莫等闲。

二〇一七年八月

八月十七日下午，由文汇出版社主办的"开卷书坊"第六辑新书首发暨签售会在上海展览中心的上海书展第二活动区举行，陈子善、周伯军、周立民、子张、张瑞田、徐鲁、彭国梁、肖欣、王成玉等嘉宾、作者与数十位新朋老友、读者参加了此次活动。

八月十八日下午，"开卷书坊"第六辑、"开卷·薪火文存"、南师大出版社"民国游记丛书"出版座谈会在上海福州路"书香建行"文化空间举行。上海书展总指挥彭卫国、上海人民出版社社长王为松、上海古籍出版社社长高克勤、文汇出版社总编辑周伯军、华东师范大学教授陈子善、巴金故居纪念馆副馆长周立民，两套"开卷"系列丛书的作者邵绍红、章洁思、赵蘅、彭国梁、徐鲁、子张、张瑞田、王成玉、肖欣，文汇出版社策划编辑鲍广丽以及部分《开卷》的作者、读者陈克希、李福眠、韦泱、桑农、许进、戴飞、丁言昭、万康平、卢润祥、梅杰、张元卿、楼乘震、戴建华、唐益君、宁孜勤、周洋，《文汇报》记者李思文、《文学报》记者何晶等四十余人在一起品评了这几套颇具文化意味的丛书，度过了一个下午的读书时光。

八月十八日下午，"开卷书坊"第六辑座谈会上，卢润祥带来简短的书面发言：

"开卷书坊"第六辑在文汇社出版，这也是今年读书人高兴的事，对此，本人表示由衷祝贺。六辑用普通三十二开软装，阅读更方便舒服，这是您从设计上考虑读者阅读人感受的设计。现在出硬精装一窝蜂，大家都是这样，也就单调了。借此机会感谢宁文主编的辛苦，感谢责编鲍广丽进行策划。希望愈出愈精，能有更多更美的书坊陆续出版，在哪家出都一样好。

八月二十日，韩石山从北京寄赠《装模作样——混迹文坛三十年》（陕西人民出版社，二〇一三年三月版）签名本一册，并附信："微信真是个好东西，上午加了您的微信，闲暇时将您半年来发的图片文字粗粗看了一遍，让我吃惊的有两事：一是《开卷》创办不觉已二十一年了（实为十七年多——子聪），再是《开卷》每期赠送四五百册，信封上姓名地址都是您——亲笔书写，这该多么烦琐而又细致的工作，而二十一年间您竟坚持下来。"随信赠其所书的王维《桃源行》墨迹一帧："当时只记入山深，青溪几度到云林。春来遍是桃花水，不辨仙源何处寻。"

韩石山在该书的自序中写道：

本是酒桌上的笑谈，只能说正中下怀又闲来无事，就写了这么本书。

却不能说不是认真写的。写成初稿，放了差不多一年，细细修订一番，这才敢拿出见人。

如果世上有"侧传"或者"丑传"的说法，我倒愿意认领。

以史书体例而言，这样的写法，该叫"事辑"，就是把相关的事，拢成堆。

八月二十八日，徐鲁从武汉寄赠《冬夜说书人》（海豚出版社，二〇一七年八月版）精装签名本一册。

八月二十九日，收到绿原先生的女儿刘若琴嘱人民文学出版社所寄的一套十卷《绿原译文集》（人民文学出版社，二〇一七年三月版）。

在本套译文集的出版说明中这样写道："绿原先生又是一位终身勤奋、一直前行的资深翻译家。他的翻译活动始于高中，曾尝试英译鲁迅先生的《聪明人和傻子和奴才》。一九四〇年代的大学期间他修习了英文和法文，一九五〇年代初掌握了俄文。五十年代中期发生的一起政治错案，使他丧失了七年的人身自由及二十五年的写作权利。在凭借意志力掌控遭遇重大变故的心理后，他利用单身监禁的几年时间自学了德语，从而在重回社会后开始从事古典美学的德语翻译、德语现代诗歌的翻译以及《浮士德》等世界名著的翻译。他的译作《浮士德》于一九九八年获得鲁迅文学奖优秀文学翻译彩虹奖。"

该套译文集共分十卷，前四卷为诗歌，中间三卷为散文和戏剧，后三卷系文学理论。

十卷的卷名如下：

第一卷：《心灵之歌》（诗歌卷一）；第二卷：《房屋张开了眼睛》（诗歌卷二）；第三卷：《致后代》（诗歌卷三）；第四卷：《里尔克诗选》（诗歌卷四）；第五卷：《永恒的交流》（散文戏剧卷一）；第六卷：《剧海悲喜》（散文戏剧卷二）；第七卷：《浮士德》（散文戏剧卷三）；第八卷：《美学拾贝》（理论卷一）；第九卷：《德国的浪漫派》（理论卷二）；第十卷：《叔本华文选》（理论卷三）。

第一卷《心灵之歌》编入歌德、海涅、易卜生等几位世界著名诗人、作家的诗篇中译，其中以世界文化巨匠歌德诗作分量为最，在原有版本的基础上，从译者手稿中又增收了六首。

第二卷《房屋张开了眼睛》编入英语国家现代诗选以及德语国家现代诗选。英语诗选涵盖了三十四位诗人（其中包含美国黑人青年女诗人、加拿大现代女诗人、芬兰当代女诗人等）共七十多首现代诗，而德语诗选包含一百零九位诗人的两百多首现代诗。

第三卷《致后代》包括四个小辑：反法西斯诗篇、哲理诗、爱情诗及儿童诗。在反法西斯诗篇中，依据译者手稿，收入了译者一九五三年从俄文书刊翻译的保加利亚杰出诗人瓦普察洛夫的诗作。

第四卷《里尔克诗选》，该诗选中译原是译者二十世纪九十年代应出版社邀约，在有限时间内完成的一项工作，一九九六年的"人文社"初版是国内时间较早内容较丰的选本，二〇〇六年又曾出版修订插图版。本次根据译者手稿进行了局部修订，并补入二十首译诗，如《死亡》《童年的持续》《哦泪人儿》《致荷尔德林》等。

第五卷《永恒的交流》为名家散文类的中译，如歌德、里尔克、茨威格、纪伯伦等。根据译者手稿，本卷收入了歌德的散文体格言（关于个人、关于艺术、关于自然与科学、关于伦理）以及纪伯伦的《沙与沫》。本卷还编入苏联学者阿尔森·古留加写作、民德出版社翻译出版的《黑格尔传》。该传记中译为"文革"产品，完成于一九七六年国家出版局版本图书馆编译室，当时参加翻译的有绿原、伯幼等多人，由绿原主译并负责校订，一九七九年由商务印书馆出版。为了全面收集绿原先生的译作，本卷选用了《黑格尔传》的引言和正文，为与商务版有所区别，未收入商务版中的注释、年表、人名索引与书目选。

第六卷《剧海悲喜》编入海涅名篇《莎士比亚笔下的少女和妇人》，收有莎士比亚新被肯定的两部剧作《爱德华三世》和《两位贵亲戚》，还编入比利时诗人、剧作家维尔哈伦的剧作《黎明》。该剧描写了阿皮多美恩城的护民官杰克·赫仑宁，目睹总督禁止附近农民进城躲避战火，因而引起了农民暴动的史实。该剧译于一九四五年至一九四八年。

第七卷《浮士德》，系与莎士比亚戏剧比肩的世界文化瑰宝。原著为诗剧，译者动笔前曾反复思索：与原著语言密切相连的艺术性，似难以靠陌生的"外国语"来传递，何不老老实实用散文来翻译，争取把原著的思想精华多少翻译出来，对于不懂原文的读者，也不失为一点实际奉献。因而绿原的《浮士德》中译除很少一部分保持分行韵体以显示其抒情性质外，基本上把优先权让给了散文体。

第八卷《美学拾贝》是理论卷一，收汇了译者许多散译，包括德国的里普斯和让·波尔等人的古典美学文论，也有第二国际时期最重要、最有影响的马克思主义理论家之一的弗朗茨·梅林的文论《马克思和比喻》《资本主义和艺术》《美学初探》等。还编入西方现代美学论文——美国"新左派"代表人物赫伯特·马尔库塞及其辩论对手关于现代主义文学艺术完全不同的评价。

第九卷《德国的浪漫派》为理论卷二，它是《十九世纪文学主流》的第二分册。《十九世纪文学主流》是丹麦文学史家格奥尔格·勃兰兑斯的名著，描述了十九世纪上半叶欧洲几个在政治经济变革方面起过主导作用的国家（即英法德三国）纵横交错的文学潮流，是研究欧洲文学史的参考书。

第十卷《叔本华文选》系理论卷三，主要内容选自叔本华名著《附录与补遗》，百花文艺出版社曾以《叔本华散文选》之名出版，十年后人民文学出版社出版《叔本华散文》时又增加了《关于文学写作的美学》《关于音乐的形而上学》《关于艺术的内在本质》《关于可笑性原理》《论历史》等篇幅。因叔本华毕竟是西方著名的哲学家，本译文集编者希望恢复他的理论家身份，故本卷列入理论卷而非文学卷。

第十卷卷末刊发了全集十卷的详细总目录。

武汉出版社曾在二〇〇七年出版了六卷本的《绿原文集》。

八月三十日，收到柳和城从上海寄赠的《书里书外——张元济与现代中国出版》（上海交通大学出版社，二〇一七年八月版）精装签名本一册及《叶景葵年谱长编》（上下两卷，上海交通大学出版社，二〇一七年四月版）精装签名本一套。

柳和城在《书里书外——张元济与现代出版》一书的后记中写道："将历年'张元济研究'文章集成一书，想法由来已久。用何书名？颇为斟酌。起先拟用《张研集稿》，征求了几位朋友的意见，认为张姓名家很多，读者看书名容易误认他人。我一边翻阅目录，一边思考：张菊老作为卓越的出版家、藏书家和版本目录学家，读书、藏书、编书、出书，校勘古书，等等，总之离不开书，毕生与书打交道，我的这些文章当然也谈的都是他与书的故事。于是脑海中跳出四个字'书里书外'。对！就以此为书名，再加副题'张元济研究集稿'。朋友们也认为符合内容所述，后经出版社同志提出意见，将副题又改为'张元济与现代中国出版'，于是定下现在的正副书名。"今年恰逢张元济先生诞辰一百五十周年纪念，又逢商务印书馆创办一百二十周年馆庆，这本书正好作为作者的一份小小的贺礼。

# 九　月

九月一日，收到夏春锦从桐乡寄来的《梧桐影》（二〇一七年第一期，总第十期）"徐重庆先生纪念专辑"，该专辑分为其人、其事、追悼三个部分，共五十余篇纪念文章。

九月二日，收到李世琦寄赠的《涵泳经典》（人民文学出版社，二〇一七年七月版）一册，未签名。本书分为涵泳经典、欣赏佳作、思忆师友三辑，集结了作者自二〇一〇年以来书评、书话类所写文章六十七篇，涉及文、史、哲等领域，评论了近年的不少新书佳作，倡导阅读名著，涵泳经典；同时对近年来的文化现象发出了自己的声音，发自肺腑，观点坦诚而直率，体现出一位文化学人的治学态度和自觉的责任担当。本书第三辑收入了《吾道不孤说〈开卷〉——祝贺〈开卷〉创刊十五周年》一文。

九月三日，在微信推送《〈开卷〉二〇〇期》由天津古籍出版社出版之书讯，得许多书友点赞，仅录数则留言存念：

得宁文兄所编《〈开卷〉二〇〇期》纪念之书，难得初衷与坚守。设计也颇具心思，喜欢。（罗拉拉）

《〈开卷〉二〇〇期》，一番文事盛景的阶段性记录，做得很细很好，不仅是宁文和《开卷》的纪念，也是诸作者如我的文迹也。（沈胜衣）

谢谢金陵董宁文侃侃之节；谢谢故园津门王振良同道，将生意俱足之《〈开卷〉二〇〇期》沛然快贻。（李福眠）

九月七日，范笑我在"听讼楼"博客中以"《〈开卷〉二〇〇期》：小三十二开本，厚七厘米，九色用纸"为题写下这样一段博客文章：

9月6日。董宁文从南京通过邮政快递寄来笑我预定的《〈开卷〉二〇〇期》，小32开本，厚七厘米，九色用纸，董宁文、董国和、周建新编，天津古籍出版社出版，标价168元，含邮200元。董宁文扉页题有："笑我兄乃《开卷》有缘人，此间往事在听讼楼更有吾之未记之故实颇多也。宁文于金陵开卷楼上，丁酉初秋。"董宁文在此书《总序》中写道："本书分为《序跋》（董宁文编）、《年谱》（董国和编）、《总目》（董宁文编）、《人物》（周建新、董宁文编）四卷，每卷均有编后记说明该卷编辑缘由。另外，本书得到天津市问津书院及'问津文库'主编王振良的大力支持，并列入'问津文库·随艺生活第三种'。"《序跋》收录《〈我来晴好〉序》（范笑我著）；《年谱》"日志"部分写道：2000年5月2日，《开卷》编委一行四人去浙江嘉兴走访了近几年在读书界名闻遐迩的秀州书局；2002年3月12日，《笑我贩书》首发暨凤凰之春品书会在凤凰台饭店举行；2002年6月15日，应金陵之声广播电台之邀，蔡玉洗、董宁文进该台直播间，向听众介绍《笑我贩书》等。《总目·作者索引》显示范笑我曾在《开卷》发表文章四篇；《人物》收录范笑我照片及简介。

另一则博客文章这样写道：

9月10日。董宁文通过天天快递从南京寄来笑我函购的《书话点将录》，王成玉著，文汇出版社出（版）。书中下编有《地煞星白花蛇杨春·范笑我》一篇。写道：十年前，浙江嘉兴的秀州书局挂着冰心题写的匾额在没有鲜花和鞭炮中开张了。秀州乃书香之地，历代名家辈出，光照神州。今天的秀州书局不仅卖书，还为读者找书，更为惊奇的是，他们还坚持多年办了一份《秀州书局简讯》，记录了读者当日买书的片言只语和各地的书信往来。及时地提供和传达了很多文坛上有价值的讯息。今天重读这本《笑我贩书》（江苏文艺出版社，二〇〇二年二月版），不仅亲切有味，而且愈来愈彰显出它的史料价值和非凡的意思。据说《笑我贩书》已经出了四编（本），高中生范笑我也因此名闻四方，叹为奇才。后来者承其旨趣，各种日记体书人书事，千树万树梨花开，乃书林之荣光也。萧乾在代序《一间门面的"文化交流中心"——遥记嘉兴秀州书局》中说："秀州书局不仅是个文化交流中心，它还是个社会观察岗。任何工作，不论空间多少窄小，只要投下心去，都能干得辉辉煌煌。"黄裳在列举了《笑我贩书》的种种特色后说："最后，也是我最爱读，也是简讯特有的特色，是从顾客、游人……口中记录下来的议论，有时类似传统的古谣谚的顺口溜，这是普通老百姓的心声无顾忌的流露，自古以来就是采风者十分注意的事，虽然在诗文总集总是列于最后，但正是最值得注意的部分。"（《笑我贩书》三编）。成玉曰：我的这本《笑我贩书》是一位朋友送给我的，当年他与范笑我会晤时，范笑我签名钤印送给他的。读这本书，好像读《世说新语》，读者的议论和评说，虽然片言只语，但爱书人都有文化底蕴，不脱书生本色，往往一语中的。这些买书者的"话"，称之为"书话"也未尝不可，乃别具一格，引人入胜。此书最有趣味的是"后记"中关于书名的议论。有人说叫《秀州书局简讯》，又有人说叫《秀州贩书记》，还有人说叫《秀州书局纪事》等，但最后定为《笑我贩书》。王稼句说："《简讯》汇集的书名，弟亦以为'贩书'好，与孙殿起'贩书'的著录版本不同，书界万象，书人交往，书事感慨，反得别裁之趣。"真的，一个"贩"字，"俗得雅"也。诗云：秀州简讯照山河，笑我贩书故事多。惯看承平风日好，烟雨楼上话烟波。

　　九月十一日，屠岸从北京来信：

日前寄上拙文《舒芜，其人其文》及《周作人，其人其行》，是向《开卷》投稿，蒙兄刊登，甚谢！

兹前文拙文《舒芜，其人其事》之结尾处，又增加几行文字，以补充原文所未道及。乃将该文最后一页及已加上之文字，复印一份，奉上，请按此稿刊出，不甚感谢！

我今年九十五岁，"此身行作稽山土"，但既然还没有达到终点，那就做一天和尚撞一天钟，奋起而前进！

《开卷》作为民刊，时登官方期刊所不登的文章，读者满意。我作为读者，向你致以谢忱！

国际风云，变幻不测。国内江河，日下日上。国际国内，撞碰交集，大同世界，日近日远。独坐窗前，沉默静观。

屠岸所补最后一页为：

舒芜是有学问的，也有文才的。舒芜的哲学论文《论主观》，逻辑严密，受到胡风的高度赞赏，胡风把它全文发表在他主编的《希望》杂志上，在学术界、文化界引起大的重视。一时间，舒芜被认为是胡风的大弟子，是所谓胡风集团的掌门理论家。胡风是文艺理论家，写过很多文艺理论著作，但这些著作还缺乏哲学的高度。舒芜的《论主观》在《希望》杂志上的发表，填补了这一缺憾，无形中也提升了所谓胡风集团在文化界的地位，舒芜功莫大焉！

胡风决策，在他主编的刊物《希望》上全文发表《论主观》，使舒芜的才力向公众展示，这也说明了胡风的眼力。

曾几何时，时来运转，舒芜"反戈一击"，把恩师胡风置之死地，这是胡风事前所不能料到的。

《致路翎同志的公开信》是卖友求荣的铁证，必将收入"中国现当代文学史"，占有令人瞩目的地位。"为人本分"云乎？"胸怀坦荡"云乎？

历史长流，滔滔逝去；功过是非，人民评说。是过，百口莫辩；是功，刻在丰碑。

谁的名字，刻在人民英雄纪念碑上；谁的名字，刻在历史耻辱屏上，均以该人的言行为准绳，均以人民的意志为准绳。


九月十七日，收到沈胜衣从东莞寄赠的《行走的书话》（海豚出版社，二〇一七年八月版）毛边签名本一册。

本书是书话体的游记，也是游记体的书话。上辑

"海岛访书录"，记在香港、台湾、新加坡、日本和英国这些作者喜欢的海岛，逛书店、买书、读书的经历；下辑"双城圆梦记"，关于巴黎、希腊，它们属于作者很深长的青春旧梦，是热爱的胜地、酣畅的旅途，故而着墨较多，包括抄书体的游记和有旅行背景的书话。

沈胜衣在题为《蓝的开场白》的自序中写道："愿我们在人生这场行走、读书这番美事中，都能秉持自己初衷的那片蓝，由此出发去拥有更广阔的各种蓝。"


九月十八日，收到尤灿从北京寄来的六套周祥林所著《花笺一百声》《词间一百声》（均为长春出版社，二〇一七年五月版），其中一套为签名本。

九月二十五日晚由南京先锋书店主办、开卷书坊协办的"闲敲棋子落灯花——周祥林《词间一百声》《花间一百声》新书分享会"在先锋书店（五台山店）举行。


九月十九日下午，《风疾偏爱逆风行》品书会在南京新华书店博爱讲堂举行，主讲嘉宾为李景端与资中筠先生。

最早译介西方当代流行小说的《译林》杂志，顺应对外开放的潮流，三十年前从一本杂志，发展成知名的专业出版社，曾被媒体誉为出版界的"译林现象"。这本由商务印书馆刚刚出版的《风疾偏爱逆风行》就是译林社首任社长李景端先生有关回忆译林相关故事的结集。资中筠先生是李景端先生的老朋友，此前刚刚写了一篇题为《坎坷又幸运的创业——读〈风疾偏爱逆风行〉》的读后感，品书会现场二位先生与读者互相交流，气氛融洽。

资中筠先生活动现场赠其新著《有琴一张》（北京出版社，二〇一七年六月版）签名本一册。作者在该书的《前言》中写道：

二〇〇八年老伴陈乐民离我而去。我的悼亡诗中有一句，"剩得琴书不自怜"，这是无奈中的自我解脱，在漫长的独处岁月中幸得有琴、有书为伴。没有想到，自那以后，琴于我越来越重要，我的音乐生活越来越丰富，竟然参加了比赛，得了奖，还开了演奏会。受此激励，自己练琴也兴趣日增。原来就缺乏扎实的基本功，又是荒废几十年后才又捡起，笨拙的琴艺似乎还有些进步。在不同的契机中还不止一次为自己录了音，留下纪念。衰年自得，有忘年之乐。最近几年撰写回忆录时，围绕音乐生活的忆旧怀新不断涌现出来。于是接受出版社建议，在早已绝版的《锦瑟无端》小册子的基础上，加入新的内容，续成一本小书。无以名之，想起欧阳修自号"六一居士"，"六一"之中我得其三：书一万卷、琴一张、老翁（媪）一个，遂以《有琴一张》为名。

该书腰封上印有这样一段作者简历：

资中筠，一九三〇年生于上海。一九五一年清华大学外文系毕业。国际政治及美国研究专家，中国社会科学院荣誉学部委员，美国研究所退休研究员、原所长。参与创办《美国研究》杂志与中华美国学会。主要著作：《追根溯源：战后美国对华政策的缘起与发展，1945—1950》《战后美国外交史：从杜鲁门到里根》《冷眼向洋——百年风云启示录》《财富的责任与资本主义演变》《资中筠集》（学术论文）等。译著〔法〕巴尔扎克《公务员》、〔美〕薇拉·凯瑟《啊，拓荒者》、〔英〕阿兰·德波顿《哲学的慰藉》等。

九月二十日，收到叶瑜荪从浙江桐乡寄来的《漫话丰子恺》（浙江古籍出版社，二〇一七年七月版）签名本一册。该书从作者数十年研究丰子恺的文章中精选而成，正如叶先生对笔者所言：一为可保留一点史料；二亦是一种纪念。作者在该书的后记中写道：

于是我重新振作起勇气，将选出的四十篇粗略归为五类。谈丰先生人品和家风家教的，定名为"垂柳"，取丰先生推崇杨柳有不忘根本的品格意。谈丰先生漫画的，名之为"新燕"，丰先生作画有"丰柳燕"之雅称。谈丰先生散文和诗词书信的，名之为"桐影"。谈丰先生师友交往及其弟子的称为"世缘"。丰先生画过一幅《卖花人去路还香》，故将谈丰先生留给我们的精神遗产和启示的，归之为"余馨"。

重读这些旧稿，觉得虽称不上丰子恺研究之作，多数只是介绍和体会之文。但能结集成书，也是乡里晚辈对丰先生的一种崇敬和纪念，可为家乡保留一些与丰先生相关的珍贵史料与线索。

# 十　月

十月六日晚，翻译家高莽先生在北京去世，享年九十一岁。

高莽，一九二六年生，哈尔滨人，长期在各级中苏友好协会及外国文学研究所工作，从事翻译、编辑、俄苏文学研究和中外文化交流与对外友好活动，历任《世界文学》杂志编辑、主任、主编，著译作品颇富。

高莽先生生前也是本刊的一位老读者，对本刊关心、支持颇多，以后当撰文记述。

十月二十五日，忆明珠先生在南京仙逝，享年九十岁。

忆明珠，原名赵俊瑞，山东莱阳人，诗人、散文家、书画家。一九二七年生。高中毕业。江苏省作家协会专业作家，文学创作一级。一九五七年开始发表作品。

著有诗集《春风啊，带去我的问候吧》《沉吟集》《天落水》《忆明珠诗选》，散文集《墨色花小集》《荷上珠小集》《小天地庐漫笔》《落日楼头独语》《白下晴窗闲笔》等，杂文集《小天地庐杂俎》。

本刊与忆明珠先生交往逾二十年，留下了不少温馨的回忆。

十月二十七日上午，由萧山图书馆、杭州市萧山区文化广播电视新闻出版局主办，杭州市萧山图书馆承办的"传承学术精神，感悟人格魅力——缅怀来新夏先生

忆明珠

逝世三周年座谈会"在萧山图书馆举行，与会代表追忆和缅怀了来新夏先生的治学精神、学术成就、教育理念、人格魅力以及对家乡图书馆事业的关爱和故土情怀。

焦静宜、陈子善、吴眉眉、王稼句、朱绍平、韦力、阿滢、董宁文、崔文川、冯传友、黄成勇、子张、李树德、张元卿、陈克希、童银舫、励双杰、范笑我、傅天斌、朱晓剑、孙伟良、李传新、姜晓铭、戴建华、王振良等二三十位来新夏先生的家人、学生与生前好友一道参加了此次座谈会。下午，与会代表还参观了"来新夏著述专藏阅览馆"。

十月二十八日至三十日，由中共诸暨市委宣传部、诸暨市文化广电新闻出版局、诸暨市文学艺术界联合会主办，诸暨市图书馆、诸暨市西施文化研究中心承办的"第十五届全国民间读书年会"在浙江诸暨市同方豪生大酒店举行，来自全国近二十省市的戴建华、韦力、曾纪鑫、黄岳年、李传新、潘小娴、徐玉福、李树德、马国兴、张文书、章海宁、黄成勇、闫进忠、陈文潭、董宁文、姜晓铭、唐伟明、王稼句、徐雁、严晓星、张元卿、周晨、易卫东、冯传友、张阿泉、黄妙轩、阿滢、

第十五届全国民间读书年会代表合影

刘涛、崔文川、武德运、陈克希、陈子善、上官消波、周立民、傅天斌、朱晓剑、焦静宜、陈仲明、范笑我、禾塘、李剑明、励双杰、童银舫、罗烈洪、刘荣华、寿勤泽、夏春锦、许新宇、叶瑜荪、郑闯辉、郑永、子张、周音莹等六七十位作家、文化学者、文史专家、藏书家代表、民间读书刊物代表出席了此次会议。

开幕式上，本刊作为代表回顾了以往十四届民间读书年会的发展历程。研讨会上，与会代表围绕"西施文化之我见""《蠹鱼文丛》作品探讨"等话题进行了研讨，与会代表还参加了"北承杭州，读在诸暨"朗读晚会以及韦力主讲的"明代版本琐谈"等活动。

经过几轮申办演讲，最终马国兴代表郑州赢得了下一届全国民间读书年会的主办权。

十月二十三日，锺叔河先生从长沙寄赠《一片二片三四片——锺叔河散文精选》（海天出版社，二○一七年七月版）签名本一册，该书上贴有印有两方印章的书票一帧，锺叔河先生在书票旁题签曰：阳文印四字用手写体，系仿魏建功为周作人刻"启明经手"章，为范笑我情其友顾观一君所刻，以呈董宁文君丁酉霜降日锺叔河于长沙时年八十又七矣（钤"念楼"白文印一枚）。

锺先生并附信："新近印成《一片二片三四片》拙作一种，出错不少，出版社已允改正重印。本拟俟到新版寄到后呈正。但范笑我君为制赠书票所刻'叔河请正'印用手写体，系仿魏建功为周作人刻'启明经手'章，邯郸学步，却也不俗，愿其共赏，故仍先行奉上，请过目。"

书前印有自撰简历如下：

锺叔河，湖南平江人，一九三一年生，一九四九年始当编辑，一九五七年"反右"被开除后劳动维生，一九七〇年又以反对"文化大革命"被判刑十年，一九七九年平反后到出版社仍做编辑。业余和离休后从事写作，学术著作有《走向世界——中国人考察西方的历史》《从东方到西方》《中国本身拥有力量》《论郭嵩焘》《儿童杂事诗笺释》《日本杂事诗广注》等，散文作品有《小西门集》《笼中鸟集》《书前书后》《念楼学短》等，另有谈话录《与之言集》。

十月二十八日，章海宁在诸暨赠《萧红画传》（黑龙江大学出版社，二〇一一年八月版）签名本一册。作者在该书的后记中写道："一个只读了九年书的女孩子，跋涉文坛九年，三十一岁悄然离世，却成为现代文学的经典作家，这是一个永远诉说不尽的话题。当下，萧红活在各种话语体系里，阶级的、左翼的、抗日的、启蒙的、女性的、乡土的、现代的，以及身体写作、底层叙事、后殖民写作，等等。尽管如此，萧红从未被任何一种话语体系淹没，她在众多的话语体系中，特立独行，吐露芳华。"

# 十一月

十一月十一日上午，与龚明德同去流沙河先生家中庆贺八十七岁生日，获赠《字看我一生》（中华书局，二〇一七年八月版）签名本一册，沙河先生在扉页写道："宁文先生来寒舍晤谈叙旧流沙河 2017. 11. 11，八十七岁。"

书前印有这样一份自撰简历：

诗人、编辑、学者。原名余勋坦，四川金堂人。一九三一年生于成都。四岁返回故乡金堂县城。幼学古文，做文言文，习书大字。十六岁来成都读省成中，转爱新文学。十七岁始发表习作。一九四九年秋入川大农化系，立志从文。一九五〇年到《川西农民报》任副刊编辑。一九五二年调四川省文联，任创作员，后任《四川群众》编辑、《星星》诗刊编辑。一九五七年因《草木篇》被点名划为"右派"，留成都做多种劳役，劳余攻读古籍。一九六六年押回老家，锯木六年，钉箱六年，监管劳役前后共二十年。一九七九年调回四川省文联，任《星星》诗刊编辑。一九八五年起专职写作，出版有《文字侦探》《Y先生语录》《流沙河诗话》《画火御寒》《正体字回家》《白鱼识字》《晚窗偷得读书灯》等著作多部。

当天中午，往成都科技馆参加由文轩·格致书馆、中华书局、四川科技馆联合主办的"《字看我一生》——流沙河新书分享会"。

上午在沙河先生家中，沙河先生将《诗经现场》（新星出版社，二〇一三年五月版）签名本还给明德先生。此书扉页上写有"明德先生流沙河2013. 8. 16"几个字。扉页下方还留有明德先生的一段记录："二〇一三年六月八日中午与霞携赵焕新访沙河老师，得赠此书。龚明德。"明德先生问我是否有此书。答曰："没有。"明德遂转赠。当日下午，明德先生邀张放、庞钟祥、徐晓亮、朱晓剑、罗烈洪、兰林等人茶叙，其间在该书扉页又写下一段话记述赠书缘由："此书是先生借去用的，今日发现先生已用完。索回了。转给宁文兄以存纪念。龚明德 2017. 11. 11.”

流沙河在书前写有《自序》如下：

今人写诗，不论旧体新体，想写就写，方便得很。只要你出题，叫他来一首，他就来一首。安心考考他，叫再来一首，就再来一首。畅通无阻，胜过尾闾排秽。哪怕身边屁事没有发生一件，他都可以当场写出诗来。

退回到两千五百年前去，那些古代诗人就太笨了，他们不能想写就写。总要身边发生了什么事，方能写出诗来。《诗经》三百零五篇全是这样写成的。每一篇诗，背后总有一个事件。既然有事件在发生，那就必定有一个或是多个现场。锁进一篇诗的字里行间，我们总能找到现场，看个清楚明白。诗虽深奥难解，读者只要来到现场，知悉发生了什么事，就读懂一半了。

我从三百零五篇内挑选出九九八十一篇，自认为是最翘楚的，一一找到现场，加以说明，献给读者。

二〇一〇年十月五日在成都长寿路新居

当日下午茶叙中，朱晓剑赠《成都旧时光》（成都时代出版社，二〇一七年十月版）签名本一册。

朱晓剑，专栏作家，成都文学院签约作家，成都市作协会员，巴蜀文化研究中心顾问。二〇一三年，其家庭被国家新闻出版广电总局评为首届全国"书香之家"。曾任《成都客》《舍客》等刊物主笔，在多家媒体开设专栏。著有《书式生活》《杯酒慰风尘》《闲言碎语》《后悦读时代》《美酒成都堪送老》《闲雅成都》等书。

十一月二十八日，收到刘尚恒从天津寄赠的《鲍廷博年谱长编》（刘尚恒著，国家图书馆，二〇一七年九月版）签名本一册。作者在此书的《再后记》中写道："我在《鲍廷博年谱》初编本《后记》里将其写作缘起、经过做了略述。该书之成，一是有赖于天津图书馆藏书，二是全仗各地朋友鼎力相助，我自己只去国家图书馆查过两天书，其余皆在家中'坐享其成'，不料此书颇为业内人士赞许，令我欣慰不已。此后，又屡获旧友新朋们的将伯之助，或扫描，或复印，或手录，或面示，不断提供鲍氏题跋、事迹资料，令我更感谢不尽，为此，加之我之新见，仿先贤缪荃孙《艺风藏书记》《续记》《再续记》（燕京大学图书馆编）之例，先后作《鲍廷博年谱补遗》（上海图书馆《历史文献》第十六辑，二〇一二年四月版）、《再补遗》（《历史文献》第十八辑，二〇一四年十一月版）。近期又读到《上海图书馆善本题跋真迹》《北京大学图书馆藏〈大仓文库〉书志》《北京大学图书馆藏〈大仓文库〉图录》三书，再作增补删定，今将所得新资料连同初编本合为一册，改出长编，以飨读者，并继续请益。"

刘尚恒，一九三七年十月生，安徽芜湖人。一九六一年毕业于北京大学图书馆学系。曾任安徽师范大学图书馆副馆长、天津图书馆研究馆员，现任天津市文史研究馆馆员、天津市文物鉴定委员会委员。主要著作有《古籍丛书概说》《安徽方志考略》《二馀斋丛稿》《徽州刻书与藏书》《二馀斋说书》《闲章释意》《室名章释意》《天津查氏水西庄研究文录》《鲍廷博年谱》《二馀斋文集》等。

十一月十二日晚，与王家葵、余佐赞、贺宏亮、徐晓亮、刘振宇、王承军等在宽巷子内的轩轩小院小聚，酒后应邀去王家葵工作室茶叙，并获赠《玉叩读碑——碑帖故事与考证》（四川文艺出版社，二〇一六年七月版）签名本一册以及所书对联一副。

十一月十三日，李世骥从北京来信："南开大学是我的母校（我系南大外文系五四届毕业生，李霁野先生

王家葵书赠子聪对联

是我们的系主任），《钓台随笔》卷六文章中不少涉及我当年在南大学习的情况。因此，我决定将《钓台随笔》赠送给南大图书馆一本纪念并存阅，这样南大的师生似都有机会看到《钓台随笔》了，现将这个赠书活动的照片寄给你，将来或会有点用处。"

十一月十五日，收到沈胜衣从东莞寄来的《笔花砚草集》（沈胜衣著，许宏泉绘，中华书局，二○一七年九月版）签名本一册。沈胜衣、许宏泉都是《开卷》的老朋友，二人在上海辞书出版社出版的"开卷书坊"第二辑中分别以《笔记》《听雪集》加盟，此番合作，更有意趣。

# 十二月

十二月一日，收到周实所写、扬子鳄书坊印行的《我的心思》自印本一册，本书无版权页。周实在扉页写了几句话：两年多前的文字了。为什么会写，开头的话说明了。这只是一些随感的文字，也就是看看而已了。

周实所说的"开头的话"这样写道：

钟叔河先生对我说，弄完手头的事情之后，他要写自己的自传了，书名就叫《我的故事》。我说好，我的心里同时说，那我也来写一本，书名就叫《我的心思》。于是，我就写了起来，一个人在书房里，任自己的心思流动，流成了下面这个样子，这个不成样子的样子。

这本书写了两百段"心思"，在书的最后一页《结尾的话》中写道：

好了，就写到这里。不然，就没有结尾了。不然，就只能写呀写的，一直这样写下去了，一直写到我不能写的也就是我死的那一天。每天，我的脑壳里呀正像开头说的那样"好大一堆胡言乱语在脑子里窜动着，似要撞破我的颅壁"。呵，我的可怜的颅壁呀！

同日，南京姚君伟寄赠的《月亮和六便士》（〔英国〕毛姆著，姚望、姚君伟译，上海文艺出版社，二〇一七年八月版）两位译者的双签本一册，颇值纪念。

十二月二日，收到桑农从芜湖寄来的《石秀》（施蛰存著，桑农编，花城出版社，二〇一六年九月版）签名本一册。此书为林贤治、肖建国主编的"中篇小说金库"之一种，本书内收施蛰存先生历史小说六篇。桑农在微信中说："最近在某部书中看到一页施先生手稿，上面提到他也曾有意将这六篇汇集出版未果。我无意间为先生做了此事，非常高兴。另，该书版权是陆灏先生帮助联系，经施先生之子施达授予的，一直还未有机会面谢二位。"该书所收六篇历史小说为《石秀》《鸠摩罗什》《将军底头》《阿褴公主》《李师师》《黄心大师》。

十二月三日上午，忆明珠追思会在仪征市怡景半岛酒店举行，忆明珠先生的亲人与来自各地的生前好友百余人参加了此次追思会。

追思会分为真州布衣、白门卧客、齐东野老三个单元，由唐晓渡主持。周恒昌、戴锦章、刘春华、郭道林、赵微石、杜海、丁涛、范弘、尹石（郝光朗诵其叙事长诗《待月山房今何在》）、邓海南、冯亦同、刘祖慈、张继合、吴玉龙、陈祉旻、张雪翎、陆明生、赵文石等讲述了各自心中的忆明珠。邓海南在朗读完《打给赵老的四小碟香油》之后，又即兴打油一首："姓赵并非赵家人，情在苍溟系苍生；血传田横五百士，心乃齐东一野僧。"

十二月六日，沈培金从杭州寄赠《四合信札》自印本一册。这本集子为沈培金与张进的往来信札，书前冯芸短序有云：

张进写给沈先生的信，多由我寄。将信投入邮筒那一刻，我也会想象香港那边，不高的老培头正乐颠颠地把信塞进邮筒的情景。

今天，通信显得缓慢与怀旧，可是，"尺牍书疏，千里面目"，见其字，感其人。敲出来的字传递的是速度，而不是温度。单看八十多岁先生在信中带及"二马、好亦好"，就深感先生的平易可亲。平日，沈先生喜欢把一些朋友的相片、图画印在纸上，做成有意思的信笺，这信读来图文并茂，近人心意，所以也成了我们的藏品。沈先生曾居北京，是《中国少年报》连载漫画"小虎子"的作者，这独特的书信，也许与此有关吧。

沈先生年长张进二十多岁，属忘年交。两人信中以"进师哥""老帮头"等相称，这看似无长无尊的称呼，却见二人意对缘投。缘起是荣宝斋的萨先生拉沈先生看张进画展，先生观后只说"好看"二字。从此见张进连带家属都是眉开眼顺，视为友人。在我眼中，他们的友情是建立在一个"真"字上，待人以真，从艺以真。

沈先生爱写信，写短信，如同他的《散叶集》，每篇寥寥数语，却别有味道。两人信中所谈，内容颇丰，既有艺术古今，也有生活百态。从前张进以画代记，所见所感，尽在画中，现在与先生的通信也是一种记录。"吾生须史"，留下只言片语，留下些许慰藉。

本书题记为：此书送给好玩的老头——沈培金先生。

同日中午，苏州祝兆平在南京面赠《甲子兆平》（苏州市文学艺术界联合会编）毛边签名本一册，是册编号为精装毛边六十册之四十号。此书为祝兆平六十岁寿庆文集，共印六百六十册，其中六十册精装毛边编号本，六百册精装本。

祝兆平，一九五六年生，苏州人，笔名示兄、青白等。资深媒体人、书人、作家、思想者。从二十世纪八十年代开始在本地和全国上百家报纸杂志发表文章数百万字。主要包括影视及文艺评论、随笔杂文、读书札记、报告文学等。先后结集出版《风华录》《板凳集》《春秋集》《书人交游》《杂读录》《书斋夜读》等作品集多部。

十二月十日，上午在芜湖人文书店与荆毅、桑农、张翔、郭青、许进、戴飞、张先宁、宋磊、汪华、汪菁、钱之俊、蔡俊、吕零零等书友相聚于"人文茶座"第一期活动中，闲叙读书之甘苦，所谓缘为书来是也。

十二月十四日上午十点四分，诗人、翻译家余光中在台湾高雄医院逝世，享年九十岁。

余光中，一九二八年十月二十一日生于南京。毕生从事文学创作，在现代诗、现代散文、翻译、评论等文学领域都有涉猎。作家梁实秋曾称赞其"右手写诗、左手写散文，成就之高、一时无两"。

十二月十五日下午，北京师范大学文学院教授、古典文学研究家杨敏如在北京逝世，享年一百零二岁。

杨敏如，一九一六年生于天津，中学时就读于天津中西女中，一九三四年考入燕京大学中文系，一九三九年在燕京大学读研究生期间赴抗战后方重庆，一九四〇年在重庆南开中学任教。一九四七年先后在天津南开大学中文系、天津师范大学中文系任教，一九五四年到北京师范大学中文系任教，直至一九八六年退休。

杨敏如师从顾随、郭绍虞等名师学习中国古典文学，在诗词创作、古典文学研究和教学方面均有很高造

诣。著有《唐宋词选读百首》《南唐二主词新释辑评》
《宋词百阕》《红楼梦讲读》等书，发表有关李清照、李
白、《红楼梦》的论文多篇。早年曾有《远梦》等词集，
晚年将自己与丈夫平生所作诗词，合编为《蒹葭集》。

十二月十六日下午五点，诗人、翻译家、出版家，
人民文学出版社原总编辑屠岸在北京逝世，享年九十
四岁。

屠岸，原名蒋壁厚，一九二三年生于江苏省常州
市。他从少年时代开始写诗，历任上海市军管会文艺处
干部，华东文化部副科长，人民文学出版社总编辑；中
国作家协会第四届理事，第五、六、七届名誉委员；中
国诗歌学会副会长。主要作品有：诗集《萱阴阁诗抄》
《屠岸十四行诗》《哑歌人的自白》《深秋有如初春》《夜
灯红处课儿诗》，散文诗集《诗爱者的自白》，文化随笔
《倾听人类灵魂的声音》，文学评论集《诗论·文论·剧
论》，散文集《霜降文存》，口述自传《生正逢时》等。
二〇一六年三月，人民文学出版社出版八卷本的《屠岸
诗文集》。

十二月二十二日，子张从杭州寄赠诗集《此刻》

（北京燕山出版社，二〇一六年八月版）题签本一册，扉页上题"树上没有两片相同的叶子"。本书收入子张自二十世纪初到二〇一五年底所作的全部语体诗。子张在后记中说："诗应该就是诗，不能只是像诗。就如菠菜就是菠菜，而不是像菠菜；钻石就是钻石，而不是像钻石一样。"

十二月三十日，徐兆淮面赠《编余琐忆——我的编辑之路》（中国书籍出版社，二〇一六年五月版）签名本一册。作者曾在《钟山》杂志当了二十五年编辑，从一名普通编辑一直到执行主编，在编刊的二十余年间，见证了大量的文坛事件与文坛名家故事。本书写到的作家、诗人有王蒙、李国文、邵燕祥、从维熙、刘绍棠、汪曾祺、林斤澜、宗璞、袁鹰、柳萌、阎纲、林希、艾煊、高晓声、陆文夫、张弦、戴厚英、杨苡、忆明珠、史铁生、王安忆、何士光、梁晓声、阎连科、贾平凹、刘坪、章品镇、陈辽、叶子铭等。

十二月三十一日，收到周音莹寄来的陈侃章所著《古往今来说西施》（浙江古籍出版社，二〇一七年十月版）一本。陈侃章，浙江诸暨人，杭州大学（今浙江大学）历史系一九七七级本科毕业。先后在诸暨县（市）市委办、史志办、组织部等任职。二十世纪九十年代辞职下海，从事实业投资开发。曾出版《苎萝西施志》《飞将军蒋鼎文》《远去归来的昨天》《吴江年谱》等。本刊曾发表过钟桂松所写的《飞将军蒋鼎文》一书的书评。

二〇一八年

一　月

一月八日，钱锺书、杨绛先生一批旧藏手迹、书信出现在孔夫子拍卖网，内有"《开卷》杂志执行主编董宁文二〇一五年致杨绛信札一通一页"，内容为请杨绛为《开卷》创刊十五周年题字事，全文如下：

杨绛先生：

　　《开卷》创刊十五周年，恳请您写几个字，以期这份小刊能向前走下去。作为一本民刊，十五年来着实不杨绛先生：

　　"书卷"创刊十五周年，是请您写几个字，以期延续书卷这种问刊走下去，做成一本充刊。十五年来着实不易，正是在大家的支持与帮助下，一期一期出了一百八十多期未有丝毫的懈怠。衷心地感谢您十余年来对书卷的厚爱与鼓励。余不一一，敬请

　　撰祺！

董宁文谨上
2015年3月22日

戟作

董宁文致杨绛信札

易，正是在大家的支持与帮助下，一期一期出了一百八十多期，未曾有丝毫的懈怠。衷心地感谢您十余年来对小刊的厚爱与鼓励。余不一一，恭请

撰祺！

董宁文谨上
2015 年 3 月 22 日

此信不知因何流出。记得当时信寄出不久，就收到一百零四岁杨绛先生题写的"稳步前进"墨迹，后来这幅墨迹收入为纪念《开卷》创刊十五周年而制作的名为《纸香墨润》的笔记本中。这封信对于《开卷》来说，有着特殊的纪念意义。本想自行拍下留作纪念，奈何阴差阳错，最终失之交臂。一月十一日晚，该信以四百四十元的成交价，被网友"清白家风"拍去。

一月十日中午，学者、文学评论家、儿童文学理论家、编辑家刘绪源因病在上海去世，享年六十七岁。五日后的下午，刘绪源追悼会在上海龙华殡仪馆银河厅举行，本刊委托上海友人代献了花圈表达了哀思。

刘绪源曾任《文汇月刊》编辑、《文汇读书周报》副主编、《文汇报》"笔会"副刊主编。一九七〇年开始

发表作品。著有中长篇小说《"阿蛮"出海》《过去的好时光》，长篇随笔《逃出"怪圈"》《人生的滋味》《体面的人生》《苦茶与红烛》，散文随笔集《隐秘的快乐》《冬夜小札》《桥畔杂记》《见山是山见水是水》《我之所思》，学术理论著作《解读周作人》《儿童文学的三大母题》《文心雕虎》《今文渊源》《美与幼童——从婴幼儿看审美发生》等。

二〇一四年八月，刘绪源携应邀加盟"开卷书坊"第三辑的《我之所思》（上海辞书出版社，二〇一四年八月版）参加了上海书展的首发式。


一月十一日，韦泱从上海寄来吴钧陶先生《剪影》（花城出版社，一九八六年十二月版，印数：四千四百八十册）签名本一册。吴先生在扉页写道："这是我的第一本诗集 九十一岁吴钧陶 二〇一八、元月九日。"本书是"诗人丛书"第五辑之一种，本辑共出版十本诗集，另九本为：《屠岸十四行诗》（屠岸）、《花神和雨神》（刘征）、《醉石》（蔡其矫）、《天鹅之死》（叶文福）、《黑色戈壁石》（章德益）、《从这里开始》（江河）、《眼睛和橄榄》（岑桑）、《空白》（贾平凹）、《诗人之恋》（张烨）。

吴钧陶在该书后记的最后写道："我把这本书谨献给

巴金先生。三十多年前他吸收我进了平明出版社。我是一个初中未毕业生，当时只送交了中英文自传各一篇和一本薄薄的诗稿请他审阅，也许是因此他大胆'起用'了我。我的第一本英汉翻译的小书，也是在他的大力帮助之下，得以出版的。这些事，在他金子一样的心里，可能早已忘记；但是我铭记在心，总想用一些实际的成绩来证明我没有辜负他当年对我的关怀和好意。惭愧的是隔了这么多年才有这么一份小小的礼物请他笑纳。"

本书的前勒口印有作者的一幅照片和这样一份简介：

吴钧陶，上海译文出版社编辑。从青少年时代起开始写诗。一九五八年被划为"右派"以后，基本上搁笔了。现在重新写诗，这是数十年来的诗作的选编本。多年来从事翻译，已出版了汉译英的鲁迅和杜甫诗歌等作品。

韦泱同时还赠送了《藏书票11家》（陆家嘴金融城藏书票艺术馆编）画册一本。


一月十二日早晨七点十分，接到北京友人电话得知，王学泰先生刚刚去世，并告知学泰先生近期在医院的一些相关情况。这个消息相当突然，想起二〇一五年五月间曾邀请学泰先生到南京的情形，那次的几日相聚，大家闲聊得很愉快。后来学泰先生还打来过几次电话，谈了一些出版方面的事情。当日上午八点三十七分，在征得学泰先生家人的意见后，在微信朋友圈发出这样一条微信：著名学者，中国社科院文学研究所研究员王学泰先生今晨去世，享年七十六岁。在微信中，加了两张图片，一为学泰先生的照片，一为二〇一五年五月二十一日在南京应我所请写的七个字：千林风雨莺求友。五日后，学泰先生告别式上，本刊以及董健、蔡玉洗、吴心海、严晓星等几位参加过南京二〇一五年那次《开卷》创刊十五年座谈会的师友委托北京友人敬献了花圈。蔡玉洗还作了一副挽联："情系民间文史通，一生坎坷诗书命。——沉痛哀悼学泰先生。"

第二天，学泰先生的家人发布了讣告：

## 讣　告

著名文史学者王学泰先生，因病医治无效，不幸于二〇一八年一月十二日凌晨七时八分在北京逝世，享年七十六岁。兹定于二〇一八年一月十六日上午九时在八宝山殡仪馆梅厅举行遗体告别，特此讣告。

学泰先生一九四一年三月十二日生于北京，一九六

千林風雨鶯
永友

王学泰
2015.5.21

王学泰手迹

四年毕业于北京师范学院中文系。一九六五年至一九七〇年，学泰先生先后在北京南口农场二分场、北京师范学院中文系劳动和工作，一九七〇年至一九八〇年在北京房山县文教局下属中学工作，一九八〇年调入中国社会科学院文学研究所，历任中国社会科学院研究生院教授、中国社会科学院文学所研究员，二〇〇二年十月退休。

先生自幼喜好读书，学问广博深厚，尤其偏重古典文学、古代文化和诗学的交叉研究，关注通俗小说及通俗戏曲在民间的影响，以游民与流民文化问题研究见长，为当代重要的文史学者。著有《游民文化与中国社会》《中国流民》《水浒与江湖》《重读江湖》《监狱琐记》《幽默中的人世百态》《中国人的幽默》《中国饮食文化史》《中国人的饮食世界》《华夏饮食文化》《中国古典诗歌要籍丛谈》《清词丽句细评量》《燕谭集》《多梦楼随笔》《偷闲杂说》等。主持国家重点科研项目《中华文学通史》《中国古籍总目提要》《唐代文学史》的编纂工作，成绩卓著。

家属哀告

妻：管小敏

女儿：王婧一　女婿：李倪

二〇一八年一月十五日

一月十四日，收到陈舒从浙江玉环寄赠的《书影留踪》自印本一册。这本版权页标注出版于二〇一七年十月十八日的自印本只印行了一百册。本书影印了作者收藏的八十余本名家签名本的书影与题签页，另外还收入了作者所写的三十余篇有关签名本的文章。

一月十六日，收到陆三强从西安寄赠的《唐才子传选译》（张萍、陆三强译注，黄永年审阅，凤凰出版社，二〇一七年一月版）签名本一册。

一月十七日，收到潘方尔寄赠的新著《思想的颗粒与颗粒的思想》（光明日报出版社，二〇一七年十一月版）签名本一册。这部图文集处处呈现出作者日常的所思所想，所谓思想的颗粒与颗粒的思想弥漫全书。作者在本书的后记中写道：

大凡每个人年龄大了，往往会回忆往事。我家老爷子便是这样一个人。他常常十分惋惜地向我唠叨：咱家也算是"书香世家"吧，可惜"诗书画印"就是缺少一个会画画的。听着父亲每次唠叨伴着十分遗憾的样子，心里不免酸楚，便悄悄地信笔涂鸦，渐渐地养成了一个习惯：每每看见听到或思考一下时，都会试着用画面的形式来表现。父亲是历史学教授。"文革"中历经不幸，但始终没有在物质上产生过任何欲望。我真的不忍心，哪一天他带着遗憾而去。

成仿吾先生曾经断之日："有闲，即是有钱！"诚然，当一个人物质富裕了，精神便有所欲求。"闲暇"恐怕也确会变成一种"穷"，于是乎满足父亲心愿的画画便成了我自娱自乐消遣的新玩具且乐此不疲。偶尔嘲笑别人时常嘲讽自己。我们身在红尘，世间总有些不尽如人意的地方，你又无法改变世界，何不如把这些闪念涂鸦下来并配以短句的形式当作自己与自己对话。算是一吐为快吧，累了便投床呼呼，仅此而已。

一月十八日，开卷艺坊新书《古今集禊》（余新伟录，出品人江鸿敏，开卷书坊，二〇一八年一月印行）刚刚印出样书，即快递一百本到北京，二十日、二十一日两天，余新伟在北京大学耕读书法讲堂讲授《兰亭序》正好可以用上。作者为本书所作跋语如下：

兰亭修禊，因为书圣王羲之的一篇诗序而千年流芳，令人向往。《古文观止》所收的版本，文字与传为冯承素模写的墨迹有几处出入。虞世南、褚遂良临本文字上也与冯摹不尽一致。刻石拓本的情况复杂，除了源于冯摹，传为欧、虞、褚的临本，其他历代名家写本更多。

传为冯承素勾勒添模的墨迹本《兰亭集序》，有缺描、加笔、减省、涂改，"每"字的"一"部与其他点画甚至清晰地分出了浓淡。着墨浓重的字和用笔纤细的字在分行布白中表达了"镜深"，前四行的疏朗娴雅随着文章的推进波澜起伏，书写速度明显的由沉稳而激越。字势纵横与腔音平仄交替行进，墨色浓淡、底纸（麻竹）上历代收藏印章的深浅不一的古雅朱红，行与列的交错呼吸，自然书写的每一个单字大小粗细轻重向背繁简曲直方圆……几乎是天籁般的交响。开篇永和九年的"永"，无疑是书法别称"八法"的最佳例字。与通篇二十个不同姿态的"之"字，成为孙过庭《书谱》"一点成一字之规，一字乃终篇之准"的极好例证。

临写王羲之《兰亭集序》书体而成就的大家固然代不乏人，写成俗体的当然更多。原因并不是人人都有"恨二王无臣法"的见地与底气，绕道走而取法秦汉篆隶艺术书写的名人自然聪明。二王一系的格调源远流长，可资借鉴的历代书法面目实在也是多，几乎一人有一人的长相。要找到心仪的临仿对象，应该不会让人失望啊。《怀仁集王圣教序》选书圣的字，唐太宗文，赞玄奘之功终成为三绝而流传至今。圣教序选用冯摹兰亭单字，与上下文能相容无间不显突兀，一方面说明怀仁集字摹写的协调能力非凡，再者也说明王字构造的兼容性相当优异。于是乎集禊序字为联句成为文人之间酬应交流的一种时尚，也就顺理成章。

目前能够找到的古今兰亭集联大概有数千副。符合对联平仄对仗语义相对较好的至少有五六百对。集禊数量最多质量最优的当数何绍基。集齐以王羲之兰亭序不重的二百零四字为上联领字的工具书，目前市面上没有发现。所缺的若干，编者请恩师金陵耆宿诗人书画家俞律先生补全。《开卷》董宁文先生认为此编可供同好参考，于是有此小书。

# 二　月

二月四日，叶小沫发来微信："我的哥哥三午生前是一个青年诗人，至少在他的那个年代很有一些人是这样认为的，尽管在诗人的名录里从来就没有过他的名字。三午写的诗一共也不过百多首，但是受了外国诗人，尤其是普希金的影响，他的诗有节奏有韵律，充满了活力和激情，尽管大多数诗都是忧郁的，悲愤的，满是灰色的情调，但是你依然可以诵读，有的要轻轻地读，有的要慢慢地读，有的会让你想放声大吼，有的会让你泪满衣襟……我想这就是我认可三午是诗人的原因。我不知道现在的年轻人还会不会喜欢已经过去了四五十年了的三午的诗，但是我相信，和三午同时代的人看了会回想起那个年代，因为那个时候我们都还年轻。我知道，直到今天仍有许多人在怀念三午，在怀念他的那些诗。在朋友们的热心帮助下，精致的《三午的诗》终于摆在了大家面前，我这个做妹妹的也终于了却一桩压在心底的心愿。今年恰逢三午逝世三十周年，献上这本书以告慰他的在天之灵，也送给那些喜欢三午的诗的朋友。"

二月六日，年世墨从武汉寄赠《湖畔书语》（山东画报出版社，二〇一六年十二月版）签名本一册。书前印有自撰简历一份：

年世墨，本名金颂，祖籍湖北鄂州，出生于黄石，现居武汉，二十世纪七十年代生人，文学学人，当过记者，现为公务员。写作爱好者，半拉读书人，一生与笔墨结缘。文章散见于《中华读书报》《中国新闻周刊》《北京日报》《新华每日电讯》《羊城晚报》《深圳商报》《今晚报》《藏书报》《云南日报》《湖北日报》《青岛日报》等报刊。

二月九日，收到叶小沫从深圳寄赠的《三午的诗》（叶三午著，叶小沫编，武汉出版社，二〇一七年十二月版）编者签名本一册。该诗集收入三午的诗"作品一至九十"，书前收录了叶小沫所写的《我和三午的诗》（本刊近期将会刊发），书中还收入回忆三午的四篇文章，分别是《人、诗、音乐》（叶兆言）、《文学少年》（叶兆言）、《三午印象》（叶永和）、《三午的沙龙，三午的诗》（庞旸）。同时还收到《诗人的心》（叶至善著，陕西师范大学出版总社，二〇一七年六月版）一册。本书集结了叶至善在一九四五年筹办的《开明少年》中所刊载的诗歌评论。

日前，收到友人寄赠的《斯人可嘉——袁可嘉先生纪念文集》（方向明主编，浙江文艺出版社，二〇一四年十月版）一本。本书分为盗火者和播火者、斯人可嘉、探险的风旗三个部分，共收入叶廷芳、杨匡汉、白

烨、钱中文、蓝棣之、江枫、陈众议、王伟明、汪剑
钊、王圣思、邵燕祥、董鼎山、高莽、吴元迈、童道
明、黄宝生、巫宁坤、北塔、张曼仪、李景端、李文
俊、童银舫、章立凡、刘士杰、王家新、藏棣、孙玉
石、李怡等数十位专家学者以及生前好友的纪念、研究
文章，以及袁海婴、袁晓敏、袁琳三位子女的深情回
忆。该书书前有三序，分别是余光中所写《袁可嘉，诚
可嘉》、谢冕所写《他影响了中国文学的新时代》和屠
岸所写《袁可嘉对中国现代诗的贡献》，余、屠两位写
序者如今也成为故人了。

又，陈辽家人寄赠《永恒的纪念——陈辽逝世一周
年纪念册》（陈辽子女编，二○一六年十月自印）一本。
本书分为生平传略、音容宛在、遗作选登、著作年表四个
部分。

二月十五日，收到沈迦从上海快递寄来的《立
雪——宽斋藏周退密诗翰》（二○一八年元月，自印五
百本）签名本一册。此书收录被郑逸梅誉为"海上寓
公"的周退密先生二十世纪七八十年代写给其师沈迈士
的十一通、四十七页诗稿。沈迈士是周退密先生二十世
纪三十年代初就读震旦大学预科时的老师，从此程门立

雪，"谈画论诗五十年"。

沈迈士（一八九一——一九八六）名祖德，号宽斋。浙江吴兴人，沈秉成长孙，父沈瑞琳，母龚韵珊，均擅书画。早年随母学画，后毕业于震旦大学文科。入北洋政府外交部企事科，同时兼任北京大学文科教师、北平古物陈列所副所长。北伐后任浙江省政府秘书、南京考选委员会专门委员、上海市文献委员会副主任等职。曾与沈尹默两次合开画展，卓有声誉。一九四九年出任上海市政府代理秘书长，负责将中法教育基金会的资产，包括孔德图书馆的大批书籍以及甲骨文、仰韶彩陶等文物藏品完整转交军管会。一九四九年后担任上海市文物保管委员会委员、上海中国画院画师、上海市文史研究馆馆员、中国美协上海分会理事、湖州书画院名誉院长、上海市政协委员等职。著有《王诜》《沈迈士画集》。一九八六年四月二日因突发脑溢血卒于湖州。

周退密，原名昌枢，号石窗，室名四明石室、忍冬华馆、红豆宦等。一九一四年生于浙江宁波。毕业于上海震旦大学，早年任上海法商学院大同大学教授，后在哈尔滨外国语学院、上海外国语学院从事外语教学工作，并参与编写《法汉辞典》。一九八八年受聘为上海市文史研究馆馆员。工诗词、擅翰墨、精碑帖、富收藏，大凡传统文人的雅嗜，皆有造诣，郑逸梅称之为"海上寓公"。著有《周退密诗文集》《墨池新咏》《上海近代藏书纪事诗》等。

# 附录

## 《开卷》书缘忆杨绛

### 董宁文

一百零五岁的杨绛先生今天凌晨安静地走了。

上午，有朋友告诉了我这个消息，并说下午可能会有官方发布。午后，就有几个朋友打来电话问及杨绛先生与《开卷》的书缘往事。我想了一下也说不出什么，看看能否找出一些杨绛先生的只言片语，并以此回忆杨绛先生给予《开卷》与我的关爱与支持。

杨绛先生二十余年来给我的信件及题词大约有一二

十件吧，但是没有想过将这些归拢在一起，翻箱倒柜一下午，只找出几件相关的书信以及题词墨迹，其中一九九六年底杨绛先生委托友人寄给我的两张她与钱锺书先生一九四三年至一九四四年间所使用的名片弥足珍贵，但却遗憾地没有找到。记得这两张名片与现在的名片尺寸差不多，两位的手书姓名竖排印在名片的居中位置。

　　我与杨绛先生的交往至今大约至少有二十来年了，当初记得是给钱杨二位先生寄我所编的《译林书评》小报，到了二〇〇〇年四月《开卷》创刊以后，每次刊物印出都会寄给杨绛先生闲阅。近十余年来，与杨绛先生的交往一直保持着，或者说交往还比较不少。二〇〇一年五月，我曾去三里河南沙沟拜访过杨绛先生，后来在二〇〇四年的某一天，我与赵蘅去南沙沟看望她的姨妈杨敏如先生，因都住在南沙沟，我就与赵蘅一道去看望了杨绛先生。记得那天杨绛先生很高兴，聊了不少有趣的话题，比如画画、旗袍，甚至旗袍上的盘扣如何做等话题。那天，当赵蘅听到杨绛先生说她对画画有兴趣，就提出为她画像。杨绛先生出乎意料地应允了。赵蘅一边画，我们一边与她聊天，我抽空还给她们拍了几张照片。在此之前，我知道杨绛先生一般不太愿意别人为她拍照的。

记得我第一次见到杨绛先生所谈是非常轻松和愉快的，那次拜访后，我曾写过一篇短文《我是"绝代佳人"——走近杨绛》记下了一些有意思的细节，在谈话中杨绛先生总是轻言细语，娓娓道来，在此不妨照录三段以存其真：

杨绛先生说《开卷》很好，很喜欢，上面的人大多是她的朋友，她说陈光甫这个人我知道，他是我父亲最要好的朋友，无话不谈的朋友，他们曾在美国费城宾夕法尼亚大学一个学经济，一个学法律。陈光甫的故事我这里有，以后有闲时可以写出给《开卷》。

她说我现在很忙，钱锺书的那么多的笔记我这辈子是看不完了，整理起来很烦琐，我现在正在动脑筋写序，可是还没想好怎么写，写好以后当然可以发表，但还不知什么时候可以写好，再说吧。

我现在要做的事很多，那么多的事只有我一个人来做，我现在是"绝代家人"，不是"绝代佳人"，我没有后代，我不去做就没人可做了。

后来，杨绛先生真的写来《陈光甫的故事（二则）》并在《开卷》二〇〇三年第七期刊登，此前，杨绛先生是看到《开卷》上刊登的章品镇先生所写《陈光甫先生留下的一个谜团》（刊二〇〇〇年第七期《开卷》）一文而与我谈起陈光甫其人其事的。

杨绛先生对《开卷》的关爱确实令人感动，除了给《开卷》写过陈光甫那篇短文后，还写过一篇《我的书房》：

我家没有书房，只有一间起居室兼工作室，也充客堂。但每间屋里都有书柜，各人都有书桌，所以随处都是书房。

如今剩下我一人，我的书桌位置不适，撤了。南窗下、北窗下原先不属于我的书桌，都由我占用；各室大大小小的书柜，也由我一人掌管。我翻书、找书，还约略记得什么书在哪个柜里，但每当我坐在南窗下或北窗下工作时，往往忘了身在何处；我的书房在哪里已无从捕捉了。

除此之外，还常常能收到杨绛先生的来信以及题词。早在二〇〇〇年十二月，《开卷》创刊不久，杨绛先生就曾来信："承惠赠《开卷》数册，皆收到，获益不浅。"每次《开卷》有相关的纪念活动时，杨绛先生总会应我之请题词祝贺。二〇〇五年三月，杨绛先生为《开卷》创刊五周年题词："开卷有益，信哉斯言"；二〇一〇年四月为《开卷》创刊十周年写了两幅题词，一为"世界真奇妙，老人才知道"，一为"世界真奇妙，老人最知道"，后来在纪念特刊上我选用了前一幅题词。在附信中，杨绛先生这样写道："先谢您每期《开卷》赠我，先遵嘱题了两份，任择其一。我是抄于光远同志的话，改了两个字。如不合用，弃之可也。"杨绛先生提到的于光远先生为《开卷》的题词是"世界真奇妙，后来才知道"，这个题词后面的故事，以后有机会，倒可以说说也未可知。

去年，《开卷》创刊十五周年的时候，杨绛先生以一百零四岁的高龄，欣然为《开卷》题写了意味深长的"稳步前进"四个字，寄寓了这位百岁文化老人对我们这样一册薄薄的民间读书刊物的厚爱与期望。说实话，去年春节前后当我将约请信写好发出后，其实心里是不太抱有奢望的，一是因为杨绛先生的高龄了，二是身体状况可能也不容许她再去用毛笔写字，就这样，信寄出去我就没有天天去想着回音。四月上旬的一天，一封熟悉的挂号信静静地来到了我的书桌上，一看那熟悉的信封及字迹，还没拆开信封就知道杨绛先生的题词一定是到了。当我拆开信封，取出装在一个塑料袋中的墨迹时，着实凝神看了好一会儿，看着"稳步前进"四个沉稳、俊朗的楷书，第一感觉杨绛先生虽然已是百岁开外的老人了，但从这幅墨迹中分明透出了这位百岁老人的精气神，真的为老人的良好的精神状态而祝福。

因为一时未能找齐杨绛先生给我的书信，还有一些交往细节只能留待日后再去回忆了。手头能看到的还有一幅二〇〇七年为我所编《开卷》五周年精选集《岁月回想》(青岛出版社，二〇〇七年版)所题书名的墨迹，可惜这幅墨迹后来出版社因故并没有印在书上，所以至今我还一直想着有机会再编一本同题书将这个题签用上，以不负杨绛先生的厚意。还有一幅杨绛先生四年前为我用平素不多见的行书所题"卧龙湖书院"的墨迹也非常精彩。

书房里还有一本杨绛先生的《记钱锺书与〈围城〉》题签本，还有一本杨绛先生送我的《我们仨》的钱锺书、杨绛、钱瑗三人的钤印本也颇有故事可写。

杨绛先生与《开卷》的书缘往事，点点滴滴，留下的都是温暖的回忆。

二〇一六年五月二十五日急就，次日凌晨改定

(原刊《今晚报》二〇一六年五月二十八日)

## 附：靳逊读后感言

《开卷》是本小刊物，还是民刊，样子简陋但能量巨大。其主持人宁文先生，我是最近才有联系，有了联系才看到了《开卷》，才有这点浅见。人们都在回忆杨绛先生，看过几篇之后，突然看到这篇，还是忍不住激动了，有两点可说：一是文化老人跟民刊的交往让人感动，她没有以为《开卷》庙小而置之不理，她是为《开卷》那种朴素踏实认真的态度所打动了吧？二是宁文二十年如一日的恒心，如竞技场上的赛跑者，一旦上路就坚定不移地跑下去。而他在回忆与杨绛先生交往时用的也是素描式的简笔，让读者从其散淡的叙述里，看到了一位文化老人最真实的一面。这种删繁就简的写作方式，值得我们认真思考借鉴。

# 《开卷》二〇〇期：感谢一路
# 有你风雨同行

## 董宁文

　　一本纯粹的、书卷气浓郁的读书刊物，自十七年前在南京创刊，到今年十一月份为止，已经以每月一期的形式出刊印行到两百期，接下来应该还会向着三百期继续前行。十七卷，两百期，六百余万字，这三个简单的数字背后，其实涵盖了几百位作者、十数万读者的辛勤付出、精心养护、无私奉献、惺惺相惜、乐此不疲、悦读怡情等情感在其中。作为编者的我，是深深感到幸福与感恩的。

　　在过去的岁月中，朴素无华到只有一个印张的小册子，得到了那么多读书人的青睐、扶持、鼓励，并且日益形成一种"开卷场"或者所谓的"开卷派"，真的觉得"小的是美好的"确实是美好的。这些在本书《年谱》卷中，读者想能领略到一二。

　　我们以这样的形式纪念出刊两百期，或许是最契合《开卷》所特有的气质吧，自然读者诸君也会有各自的感悟。

《〈开卷〉二〇〇期》书影

本书分为《序跋》(董宁文编)、《年谱》(董国和编)、《总目》(董宁文编)、《人物》(周建新、董宁文编) 四卷，每卷均有编后记说明该卷编辑缘由。另外，本书得到天津市问津书院及"问津文库"主编王振良的大力支持，并列入文库"随艺生活第三种"，这在文库已出版的几十种书中，应该是一个全新的面目，希望《开卷》的老读者和初次见到这本书的朋友，能够找到眼前一亮的感觉！

感谢所有《开卷》的作者以及读者朋友十几年来的风雨同行，正如人们常常说的那样——风雨过后见彩虹！

二〇一六年十一月十九日于南京开卷楼

## 中国文人后书房："开卷书坊"
## 第六辑出版纪实

鱼　丽

"开卷书坊"第六辑包括子张《人在字里行间》、王成玉《书话点将录》、朱健《人生不满百：朱健九十自述》、张瑞田《百札馆闲记》、徐鲁《夜航船上》和彭国梁《近楼书话》。

《人在字里行间》是作者新编选的一部关于人与书的随笔集。书中所写，既有不少已故文化大家和著名诗人，也有当代读书界、文学界重要的文人学者，还为活跃于当代民间读书界的重要报刊和人物留下了生动的材料。作者长期致力于现代文学史研究，近年又瞩目于当代民间读书活动，通过这些长长短短的随笔对文学和读书做出了独到的观察和思索，对读者了解当代文学和读书现状、思考人与文化的关系，作为闲暇时的读物，应该是既有助益又有趣味的。

《书话点将录》是作者继《书话史随札》后，又一部书话研究的力作。全书用传统"点将录"文体，月旦人物，趣说书话，以人为纲，梳理了书话史上有贡献有影响的人物以及在书话写作中出现的各种现象，对当今的书话写作和研究有自己独到的视角和观点，文笔古朴，妙趣横生。

《人生不满百：朱健九十自述》是"七月派"诗人、现年九十二岁的朱健先生的晚年自述，是一位与时代共命运的中国诗人的生命传奇。书中详细讲述了朱健近一个世纪的人生故事与历史选择，折射了从抗日战争一直到改革开放的中国百年时代风云变幻，也透视了"后五四时代"中国知识分子的心灵成长、独立精神与人文情怀。

《百札馆闲记》是作者近年所写有关艺术以及艺术家、学者的专栏随笔的结集，内容大多围绕文人手迹而展开，叙述灵动，资料翔实，融学术性、艺术性、可读性于一炉。作者在艺术界、书画评论界具有极高的知名度，读者群极为广泛。另外，书中还配有数十幅珍贵的手迹、照片等有助阅读理解文章的内涵。

《夜航船上》系作者近年来所写有关读书、论文、谈艺的散文随笔编选。作者文笔清丽温婉，无论是书事、文事、艺事，或读写生活感悟，所述皆平实而有味，间或做点小考据，也饶有情致，文字里透着书卷气息。

余新伟所题"开卷书坊"第六辑书名

《近楼书话》是作者这位超级书虫首部书话随笔集，作者所写书里书外的故事，以及久负盛名的藏书楼近楼是众多书迷都想一睹为快的琅嬛福地。作者文笔清新、幽默，极富书卷之书香之气。

## 相关专题

### "开卷书坊"第六辑首发座谈会在上海举行

八月十八日午后，一场雅集在福州路 725 号一楼"书香建行"举行，数十位知名作家、学者从四方汇聚到一间古朴茶室，既为欣赏"开卷书坊"新书，也为一场久别相会。

此次聚会的策划者董宁文，十八年前就是《开卷》执行主编，每月一期。守候着《开卷》这本薄薄册子，劳苦不一而足。作家彭国梁在文章《说说董宁文》里透露，每期《开卷》，董宁文至少要向全国的读书界名家和真正的爱书人寄赠四百到五百，每个信封都是他一笔一画地写。

创刊两年，平实雅致的文化风格收获许多好评，董宁文便着手为《开卷》的作者张罗出书，取名"开卷文丛"。

二〇一〇年春天，董宁文将"开卷"系列文丛做成一套精装小书，以"开卷书坊"的名字亮相当年上海书展。及至今年书展，"开卷书坊"已做到第六辑。

二〇一七年，由文汇出版社出版的第六辑"开卷书坊"共六册，分别为朱健《人生不满百：朱健九十自述》、徐鲁《夜航船上》、彭国梁《近楼书话》、子张《人在字里行间》、张瑞田《百札馆闲记》和王成玉《书话点将录》。

当日聚会由文汇出版社与建设银行上海分行联合举办。彭卫国、王为松、高克勤、周伯军、周立民、程昊、邵绍红、章洁思、赵蘅、陈克希、韦泱、桑农、丁言昭及"开卷书坊"新书作者等二十余位在各自领域有影响的人物与会，陈子善主持。与会人士讲述与"开卷"的渊源，表达对"开卷"文丛的喜爱与担忧，指出专业领域的弊病，每人都抒发了作为爱书人的个性与情感，疑虑与追问。

雅集今已越来越少，但作为一种生活范式，可洗心尘。董宁文和文人朋友们仍坚持每年聚会，人不多不少，气氛不闹不寡，春风化雨，缓缓神聊。董宁文说，同道新交是故人，大家以朋友的身份相聚，认认真真。

这是"开卷"的风格。

本次出版的"开卷书坊"第六辑，内容上可看之处颇多。诗人朱健先生今年九十五岁了，《人生不满百：朱健九十自述》是他的晚年自述，颇具韵味，年龄对心竟无干扰。少年时期，一夜写下二百五十多行的长诗《骆驼和星》，发表于《希望》创刊号，从此被称为"七月派"诗人之一。他自己则说，我是靠这首诗吃了一辈子。朱健一生坎坷也丰实，有人为他总结，干革命，写新诗，当厂长，搞《辞源》，又搞电影。他说自己一辈子做过的事跨行业太多，最后，终于回归文化、回归诗歌。这本自述，是朱健近一个世纪的人生故事与历史选择，人们又看到了二十世纪四十年代的那个朱健，还有与百年风云中国一起成长的知识分子。

王成玉的《书话点将录》同样妙趣横生，全书用传统"点将录"文体，月旦人物，趣说书话，以人为纲。指出种种书话现象，涵盖近百年来国内书话界的一百余位知名人士，写到的周越然、巴金、赵家璧、施蛰存、金性尧、黄裳、王元化、邓云乡等文化名家都曾居住在上海。

又如子张新编选的一部关于人与书的随笔集，叫《人在字里行间》。书中所写，有不少已故文化大家和诗

人如冰心、陈寅恪、戴望舒、艾青、纪弦、木心，也有
当代重要文人学者如来新夏、木斧、冯骥才、韩寒等，
活跃于当代民间读书界的重要报刊和人物也在书中留下
生动面影。

　　子张说起青年时在上海寻访文化大家的经历，对所
遭遇人事抱持动人的回忆。二〇〇〇年孟夏，子张在上
海待了一周。第一个拜访的人是贾植芳。贾先生用山西
话讲了一下午，从此他记住了贾先生的亲切坦率，意气
风发和直率大胆。次日，去华东师范大学找钱谷融教
授，钱老时年八十一岁，仍然硬朗健谈，书橱上除了书
以外，尽是茶叶罐。他又拿着陈子善的手绘地图去愚园
路找施蛰存，询问左邻右舍，无一人知道他。凭直觉，
找到一个小门走进去，逆着光，穿蓝色睡袍的施蛰存就
站在那里了。施蛰存戴着助听器，拿来一摞纸，普通话
说不出的就写下来，有时大声讲话，怕子张听不见。两
人说到了意象诗里"极司斐尔公园"（中山公园）的所
在，还有公园里穿着黑衣服，像蛏子一样只露出眼睛和
脚的女人。印象中，施蛰存先生的眼睛笑眯眯的。

　　近三小时的雅集，与会者用不紧不慢的语速，对文
化现象给出用心的澄明。有了认真的思索，对文化也才
有了理性觉悟。这样认真的方式，也让与《开卷》有关

的人举着火烛，持续夜航，在暗夜的海面上吸纳渴求的人影，风帆鼓起了，气候已成。作家眉睫说，他第一次投稿给《开卷》时，还是个大二的学生。那时他总感到孤独，以为住在地底——世界上还有我这样的人吗？直到收到董宁文的回信，他在操场上张臂狂奔，真高兴啊，像离开地底见到了海。原来世界上还有和我一样的人，用读书的方式活着的人。

## 《人生不满百》："七月派"诗人
## 朱健自述图书亮相上海

他二十二岁时以一首长诗《骆驼与星》，获得胡风激赏而一鸣惊人；他是著名平民教育家晏阳初的得意门生，也是重庆学生运动的积极分子，曾被国民党抓捕入狱……八月十七日，著名"七月派"诗人朱健的口述图书《人生不满百》，在上海书展亮相。图书由南京著名读书民刊《开卷》主编董宁文策划编辑、上海文汇出版社出版，列入"开卷书坊"第六辑丛书。

现年九十四岁的朱健，是山东郓城人，现居长沙。抗战时期，他流亡四川求学；皖南事变后被迫离校，辗转甘陕等省。一九四〇年开始，朱健就在重庆的《希望》、西安的《流火》及成都、兰州、昆明、长沙等地报刊发表诗作。一九四五年，其代表长诗《骆驼和星》发表于胡风主编的《希望》杂志创刊号。一九四六年，朱健进入四川重庆乡村建设学院学习，并参加学生运动，组织参与一九四六年重庆"一六"大游行并被国民党抓捕入狱。一九四七年出狱后赴长沙，后担任长沙河东学运区区委委员，参与迎接湖南和平解放。新中国成立后，朱健曾任长沙市委办公室秘书科长等职，"文革"中被打倒。一九七六年到一九七八年参与《辞源》修订，一九七八年底，进入潇湘电影制片厂，从事电影剧本编辑和创作。一九八九年离休后，在《读书》杂志上发表了一系列有影响的文章。著有诗集《骆驼和星》《朱健诗选》，散文随笔集《潇园随笔》《无霜斋札记》《逍遥读红楼》《人间烟火》《碎红偶拾》等。

人生不满百，常怀千岁忧。朱健先生为口述录取名为《人生不满百》，饱含一位经历过近百年历史风云的中国诗人的生命情感与体悟。书中不仅详细讲述了朱健近一个世纪的人生故事与历史选择，折射了从抗日战争一直到改革开放的中国百年时代风云变幻，也透视了"后五四时代"中国知识分子的心灵成长、独立精神与人文情怀。书中披露了生动鲜活的历史细节，也有着发人深省的人生感悟和时代思考，是一位与时代共命运的中国诗人的生命传奇。

　　《开卷》主编董宁文表示，据他了解，朱健先生是目前健在的唯一一位"七月派"诗人。朱健成名甚早，诗歌成就斐然，但他非常低调，当代读者特别是年轻读者对他的了解并不多。这本口述录的出版，令读者可以全方位地了解一位中国诗人的人生经历与精神世界，不仅对"七月派"诗人及诗歌的研究提供了重要的资料，对于一个人如何认识自我并选择自己的人生道路也颇有启发。浙江工业大学人文学院教授子张，二十世纪八十年代惊艳于朱健年轻时代的长诗力作《骆驼与星》，而与这位前辈诗人通信联络，并由此关注与研究朱健诗歌。《人生不满百》来自诗人的自我讲述，有大量丰富的第一手材料，非常难得。文汇出版社总编辑周伯军第一时间认真审读了书稿。他感慨，没想到朱健的人生经历如此曲折丰富。朱健并非一位不问世事的书斋式的诗人，他对中国文化有着自己的深入思考，也颇有时代价值。

## 与朱健先生"同席"

子　张

　　上海书展上，"开卷书坊"第六辑新鲜出炉。它的六本书各有各的好，而我最欣赏的还是肖欣女士整理的前辈诗人朱健先生九十岁访谈录《人生不满百》（文汇出版社，二〇一七年七月版）。

在二十世纪九十年代以来的读书界视域中，朱健是别具慧眼的"红迷"（不想用"红学家"一词），更是文采风流潇洒的美文家，然在我心目中，他仍然是那位被胡风称作以"深沉的胸怀"孕育幻美诗章的才华横溢的诗人。一九八八年，我在济南撰文评论他第一部诗集《骆驼和星》，还曾代《黄河诗报》向他约过诗稿，并很快接到他寄给我的一组用蓝色墨水抄写的短诗，我当即被那一手漂亮、洒脱的字所吸引，很想重抄一遍转给诗报，而把底稿留下。可是思之再三，我终究没那样做，还是把原稿直接转给桑恒昌先生了。不久这组诗便见于《黄河诗报》，我又将样刊和不多的稿酬再转寄给作者。可前几年杨亚杰女士将她编选的《朱健诗选》电子版发给我，我却没有找到那组充满灵气的现代诗。是底稿没了？还是被作者或编者遗漏了？一时无从知道，却着实觉得可惜、遗憾。

直到前年冬天，我才第一次在长沙诗人家里见到朱健先生。感谢时光女神！竟不曾在诗人身上刻下太多苍老的印迹！九十二岁了，不但身板挺直、话语朗朗，还会在严寒的冬天坚持洗冷水澡！

　　如今读肖欣女士为这部书稿写的"后记"，才了解到这一老一少的合作大致在二〇一一、二〇一二两年内，彼时朱健先生年近九十，而"精神颇好，能坐在椅子上和我连续聊上两三个小时，腰杆还挺得笔直。只是听力不太好，我们两个人说是聊天，其实差不多是扯开嗓子在喊。这本书里所记下的先生的这些故事，就是面对面地听他喊出来的"。

　　从这篇长长的后记，我看到了记录、整理者肖欣女士的颖慧与文笔之美，书稿里用的是朱健的口吻，极见性格，甚至有不少鲁地方言，显见整理者记录的忠实，然而又一定有慧心的裁剪与补缀。更让我叹赏的，还是肖欣女士对受访者灵感的敏锐捕捉，她在"后记"中拎出的几个关键词也恰恰是我阅读书稿时感受特别强烈的，譬如涉及近百年历史教训时所说的"激进"问题，"政治的诗化"问题，涉及个人历经种种政治波折后最终"回归文化"的问题。假如问这部口述回忆录有无公共价值？或公共价值在何处？我以为恰可以由这两三关键词所牵连到的历史关节处寻找到一些参考答案。通常说人至老年是收获智慧的季节，却也不是所有老人皆有这样的幸运，没有健全的感知力和深沉的思想力怕就不容易做到。而面对朱健，无论是听他说，还是经由整理出的这些文字，我却时时感受到睿智带来的会心与快乐。我喜欢老爷子的爽快、达观、潇洒！

巧的是，收有我那篇评述《骆驼和星》幼稚短文的集子《人在字里行间》，这次也一并归入"开卷书坊"第六辑，是完全想不到的事，遂有与朱健先生"同席"之慨。上海归来，读《人生不满百》，略记心得如上。

原载"鱼丽徽书房"公众号二〇一七年九月三十日

# 董宁文：开卷楼里的"卧龙先生"

## 《文汇报》记者　付鑫鑫

《开卷》创刊号

董宁文讲述《开卷》背后的艰辛曲折　范泓摄

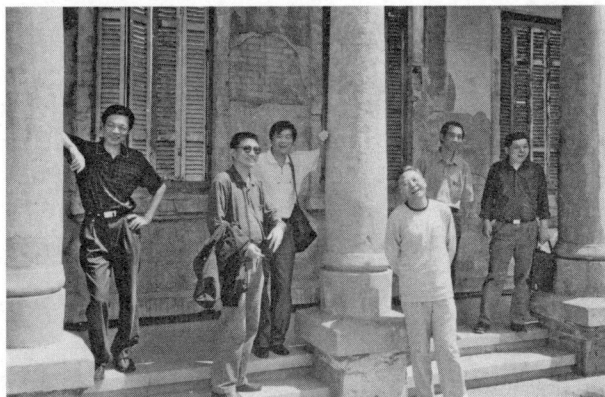

从左至右：徐雁、止庵、王稼句、薛冰、卢为峰、董宁文
二〇一〇年八月参加来新夏米寿纪念会活动，在天津梁启超故居合影

稳步前进

杨绛 二〇一五年
四月八日

杨绛为《开卷》写下祝福语

左起：黄宗江、杨苡、董宁文、董健等人亲切交谈

"开卷书坊"第六辑于二○一七年八月上海书展首发

《开卷》执行主编董宁文的家，坐落于南京城郊卧龙湖畔的一个小镇。

董宁文给自家房子取名"开卷楼"。甫一进门，就见车库一面墙下，堆满了捆绑整齐的《开卷》，牛皮纸包裹着新刊，散发出淡淡的墨香；车库对门的书房，除了中间一个大桌子作画，两面不开窗的墙都是高大的书柜；客厅里，更是三面墙都立着或高或矮的书柜。除了每周两次往返于金陵城，邮寄书信和看顾《开卷》排版印刷，大部分时间他都"隐居"于此。

二〇〇〇年四月，民间读书刊物《开卷》创刊，至今已走过了十七年，算得上成童舞象、少年翩翩。截至今年八月，《开卷》面世十八卷，两百零八期，几百万字。其中，不少作者，如王辛笛、范用、绿原、谷林、黄裳、李君维、吕剑、彭燕郊、章品镇、叶至善、戈革、王元化、冯亦代、杨宪益、赵萝蕤、鲲西、来新夏、吴奔星、汤炳正等名人名家皆已作古。

作为编者的董宁文，仍在坚守。近日，《〈开卷〉二〇〇期》已出；接下来，他要一步一个脚印地向三百期迈进。从最初南京凤凰台饭店免费赠送的三十二开小刊，到如今由天津问津书院主办，享誉文学界、闻名于读书人中间的"著名品牌"，背后的艰辛曲折，唯有置身其中的董宁文方能体会。

## "我做事情'比较呆'"

不久前收到董宁文从南京邮寄过来今年一至八期的《开卷》，以及上半年三期《译林书评》（双月刊）。大号信封是（二〇一三）农历癸巳年的贺年封，左下角"蛇年快乐"的红色图案特别喜庆，右下角赫然印着"怀化市邮政局"六个小字。毋庸置疑，这信封又是他"化缘"所得。

铅印的印刷体与董宁文墨书的地址、邮编形成鲜明的对比，难怪曾任《新创作》主编的作家彭国梁说："每期《开卷》他至少要向全国的读书界名家和真正的爱书人寄赠四五百册，每个信封都是他一笔一画地写，若按一百八乘以五百算，就是九万个。还有合订本，还有一百多本书，都要寄赠。想想，那是多大的工作量。"

董宁文自己却不以为意。他说，他已经习惯了。早些年，寒冬腊月，大风凌厉，他踩着三轮车去邮局，一口气寄成百上千本《开卷》，发往全国各地。原本，距离他家最近的一个邮局最方便，但邮局上班的小姑娘不乐意了。董宁文每周要寄这么多印刷品，却不在邮局买邮票。因为他除了"化缘"外，还预先在网上买好了带邮票的信封，价格便宜、节约成本，他写上地址邮编、封好，再一摞摞运到邮局。

"有一次，那个小姑娘使坏，要抽查粘好的信封，拆开来看到底是不是印刷品，还大哭大闹了一场。"董宁文想起过往，情不自禁地笑了。自此，他就算一次有六百个信封要寄，也会分开跑三个邮局，"免得给别人添麻烦，与人方便与己方便。"

有人劝他，直接用打印的地址、邮编，不是可以省事很多吗？他答，读者收到手写的信封，对手写字有感觉的人肯定备感亲切。如果是打印的小纸条贴上去，《开卷》就像邮寄到家的传单广告。"手写地址，也是编者与读者之间情感交流的方式。"他说。

"我做事情，用南京话说，就是'比较呆'。跟别人谈稿子，我不喜欢打电话，有事最好见面谈，更慎重些。"董宁文用一口地道的南京普通话说。

就是这样一个"比较呆"的人，掀起了"开卷"十数年的风云。

三十二开、薄薄一本《开卷》，素面朝天，自二〇〇〇年四月创刊，董宁文一直担任执行主编。随着时间推移，《开卷》慢慢积累起一个超级豪华的"朋友圈"：杨绛、杨宪益、黄苗子、黄宗江、黄永玉、王世襄、范用、于光远、绿原、丁聪、方成、周有光、黄裳、韩羽、锺叔河、流沙河、来新夏、朱正、谷林、朱健、王辛笛、绿原等文化名流、学界耆宿，都是热心的撰稿人或"忠实粉丝"。

翻译家杨宪益先生晚年弥留之际住在医院里，适逢所著随笔集《去日苦多》"新鲜出炉"。拿到新书后，卧病在床的杨老特别开心，将自己人生最后一本书热情地送给来访者和医生、护工。"我相信，在先生作古之前，我能把这本书编出来，让他老人家亲眼看见，大家都感觉很欣慰。"董宁文有点动情地说。

"九叶诗派"代表人物之一王辛笛先生晚年病重时，病痛折磨着王老，也给王家平添了几分沉重。然而，王老所著的《梦馀随笔》样书出现的那一刻，就像一束光冲破云层，一扫阴霾。这本书也是董宁文所编"开卷文丛"第一辑中的一本。

董宁文说，《开卷》背后的故事实在太多了。而这所有故事的起源，还得从二十多年前开始讲起。

《开卷》的创办人蔡玉洗，于二十世纪九十年代末，从译林出版社社长调任当时江苏出版集团所属的凤凰台饭店任总经理。蔡玉洗是一个老出版人，早先任江苏文艺出版社社长多年，中年还到南京大学攻读文学博士学位。担任凤凰台饭店总经理后，蔡玉洗想着，要充分发挥自身优势，将凤凰台饭店打造成一家文化型的星级饭店。

草创时期，时任《译林书评》执行主编的董宁文，与曾任南京市作家协会副主席的薛冰，南京大学教授、中国阅读学研究会会长徐雁等几位学人，凑在一起想办法，如何实现蔡玉洗的"伟大梦想"。

"三个臭皮匠顶个诸葛亮。"二〇〇〇年四月，只有一个印张的《开卷》诞生了，又小又薄，携带方便如口袋书，还可放在枕边做床前读物。实际上，在创办之初，这份刊物就有了一个明确的定位——走高端或名家路线。如果只是办成一个普通读书人的园地，肯定没法产生比较良好的社会影响。

当时的七八位编委，手上确有几把"金刚钻"：徐雁利用他编《中国读书大辞典》时积累的部分作者资源；薛冰则将其时正在编辑的《东方文化周刊》的部分作者，拉进《开卷》；董宁文自一九九六年编《译林书评》也结识了不少的作者……从老一辈的学者、翻译家，到中青年学人、后起之秀，慢慢地，《开卷》的作者、读者越来越多，包揽了学术界、教育界、出版界、文化界、戏剧界、艺术界的许多知名专家、学者。

"你看，我们的作者并不是单纯的作家队伍，还有很多来自其他业界的朋友。"董宁文说，对于选稿标准，《开卷》十分重视"文气"，文人讲究意气相投。"我们作为读书刊物，'三观'都差不多，情趣也差不多，虽然工作领域或者文化功底有所差异，但能够选用的稿件，水平不会相差太远。有的作者，比如当代散文家黄裳先生、大出版家锺叔河先生，对《开卷》的味道已经了然于胸，哪些稿件适用、哪些不适用都知道，不适用的也就不给我们了。"

作为执行主编，董宁文的工作除了约稿，还有编稿。在一般人眼里，编辑被认为是"有则改之，无则加勉"的匠工，但董宁文却不这么认为，他一直"虚心接受，坚决不改"。"要知道，给《开卷》投稿的作者，大多是文人，文人都主张文责自负。编辑改作者一个字，又不告诉作者，对方肯定会生气。"董宁文深谙此道。

一字不改，怎么体现编辑的价值？董宁文解释说，《开卷》办了这么多年，说到底是个读书人之间交流的平台。对于一些"硬伤"或者错别字，编辑自然要改，但前提是与作者商量、讨教；如果作者坚持，那就不改了。再有读者前来"投诉"切磋，恰好可就文中细节理论一番，并在《开卷》上勘误，如此也是以文会友的趣事一桩，自成一段佳话。

董宁文告诉记者，《咬文嚼字》《新华字典》的相关校对者都曾积极参与《开卷》的校对工作，但最后不了了之。"任何一个人的知识都是相对有限的，对于学问的探究，永无止境。"他强调说。

## "自家辛苦养大的孩子，舍不得让人'轮流坐庄'"

细心观察，客厅一整面墙的大书柜里，摆有"开卷书坊"标识的原版木刻和几个相框作为点缀。茶几左右各有一排矮矮的书柜，剩下一面墙则放了一个小书桌，桌上摆了个台式电脑。有邻居来参观董宁文的家，都以为他是卖书的商贩。他笑着反驳："文人爱书，只赠不卖。"

如今，董宁文每天在家六点起床，二十二点睡觉，除了吃饭、喝茶，所有时间都是围着书在打转悠，并乐此不疲。偶尔的出差，也是最晚一个到目的地，最早一个离开。

十几年如一日地坚持主编《开卷》，不厌吗？董宁文坦诚地说："心里一直有放弃的念头，却一直坚持在做，这就是'真爱'吧。很多事情，过程比结果更重要。"

时针再往前拨。半个多世纪以前，一九六六年，董宁文出生在南京一个普通家庭。高中毕业的父亲是当时国企里有名的"秀才"，同事离婚写协议书、生活困难申请补助，都要找父亲帮忙写材料，这让儿时的董宁文亲见了文字的巨大魔力。那时候，他既喜欢读书，又喜欢画画。如果两者一定要分个高下，画画还更厉害些。

董宁文清楚地记得，初中时，家里没有台灯，房间里只有一个瓦数不高的吊顶灯。为了更清楚地看见书上的字，个子不高的他就站在板凳上、贴近吊顶灯看书。他读各种各样的书，父亲单位图书馆里的文学杂志《鸭绿江》《清明》《收获》《十月》《百花洲》，他都爱看。

高一没读完，董宁文因家境困难辍学，去蹬三轮车打工挣钱。后来，部队征兵，他去应征，眼睛近视不达标。所幸，凭着绘画技能，他被作为特长生招进部队。

在安徽池州当兵的三年里，董宁文不仅画画、读书，还开始写各种材料、宣传报道，被战友们戏称为"董作家"。他还出过一本小杂志《绿太阳》，那是他和战友们一起合办的，用花纹纸打印出来，偶尔被当作部队的慰问品送出去。此外，董宁文还主编过一本书《金色的早晨》，收集文友们的作品，并配上作者的照片和简介。点滴的积累、文友的肯定，让年轻时的董宁文对编书产生了越来越浓厚的兴趣。

不仅如此，他还收获了一枚"忠实粉丝"，战友中，有个叫王小平的同志，很崇拜"董作家"。为了考军校，王小平十分用功，但宿舍到点就熄灯，没法继续看书。而董宁文在部队宣传科的电影组工作，在办公室里看一夜的书都没有人管。于是，王小平就经常找董宁文帮忙，借办公室熬夜复习。"三四年前，王小平和我又联系上了。我跟他开玩笑说，'小兄弟当年问我借钱，现在都没还呢……'"

三年义务兵结束，依当时的境况，董宁文完全可以留在部队，继续"董作家"的生活。但他想着，既然最终还是要转业，不如趁早。复员后，他在企业当过工人，在党群机关做过文员，还干过记者、编辑。

自二〇〇〇年担任《开卷》执行主编以来，董宁文越来越投入。他说，他甚至可以放弃一切，只为《开卷》而活。

"但您没有收入来源啊！难道《开卷》能养活您吗？"记者问。

他不紧不慢地呷了一口茶，回答说，现在，他和太太都从各自的单位办理了内部退休手续，每个月领着保底工资，醉心于编书、读书、藏书。"钱嘛，够用就好。平时，不是衣服破了，我都不买新衣服。日常除了生活必需品的开销，剩下的全拿来买书。想借《开卷》的赞助养活自己，不可能！不贴钱就算不错了。"

诚然，《开卷》在二〇一〇年曾因蔡玉洗总经理的退休，举步维艰。在凤凰台饭店勉强坚持了不到一年，身为"扛把子"的董宁文卖掉了在南京市中心的房子，"转战"到郊区小镇。本打算靠山吃山靠水吃水，借助开卷书院继续未竟的事业，却苦于没有长期稳定的资金支持，直至二〇一四年天津问津书院伸出橄榄枝。

"其间，没想过众筹，或者轮流坐庄吗?"记者问。

"想过，而且很多人也出过这个主意。"只是，在董宁文看来，《开卷》就像是他的孩子，好不容易抚养到这么大，性格也养成了。一旦放任给别人"轮流坐庄"，难保秉性就变了，文气就没了。

"你一直问我，办《开卷》、写《开卷闲话》，为什么能坚持下去，还保有热情。实话实说，我真的是有种责任感。"董宁文说，人生不过百年，现在年过半百，他宁可留下更多的时间给自己看看书、发发呆，而不是去上班挣钱、争名逐利。

## "我相信纸质阅读不会消亡"

每每说到与《开卷》读者、作者交往的点滴，人到中年的董宁文总是十分兴奋，雀跃得像个孩童。他动辄从书柜中抽出一本书，讲解其中的细节：谁和谁在哪，当时又发生了怎样妙趣横生的故事。

二〇〇三年春天，董宁文请著名画家高马得、田原、柯明、陈汝勤四位二十世纪五十年代曾在新华日报社美术组一道工作过的老同事，相聚在南京一家名叫荷风的小饭店。四位耄耋老人边吃边聊，仿佛又回到了他们的青葱岁月。餐叙之间，四人即兴作起了打油诗接龙："脚爪炖黄豆，田原最欣赏。不信你试试，保险抢着尝。又上狮子头，田原又上前，称赞不绝口。一口一个好，吃光不犯难。"

华东师范大学中国现代文学资料与研究中心主任陈子善，与《开卷》渊源颇深；董宁文与他交情不浅。"开卷文丛"第三辑中的《探幽途中》、"开卷书坊"第三辑中的《自画像》、"开卷文库"中的《双子星座：管窥鲁迅和周作人》，陈子善是著者，董宁文是编者。

有一年，《开卷》在南京举办小型座谈会，陈子善来参会。会后，董宁文陪陈子善到朝天宫旧书市场淘书。董宁文捧起一本书放在鼻子底下，一边模仿说："陈子善先生高度近视，遇到好书，不肯罢手，要先睹为快。所以，每次陪他去淘书，总能看见他把书捧在鼻子底下认真品读的有趣模样。""开卷书坊"在上海搞新书发布、读书沙龙等活动，陈子善得空准会出席。今年八月，上海书展期间，文汇出版社出版的"开卷书坊"第六辑新书首发暨签售会在福州路举行，陈子善尽管没有新作位列其中，也赶来呐喊助阵。

二〇〇七年，董宁文第一次登门拜访著名翻译家、诗人绿原。敲门之后，绿原的女儿站在大铁门里，推辞道："父亲身体不好，极少见客。现在，他不在家，您请回吧。"

一直与绿原有书信往来的董宁文有点疑惑，不确定老先生是否真的不在家，于是尝试着大声说："我是南京董宁文。以前与绿原先生一直有通信，如果您真的不认识我，那我就走了……"话音刚落，老先生亲自出来开门迎客。那年，绿原八十五岁。

著名翻译家赵瑞蕻、杨苡的女儿，作家赵蘅在一篇文章中写到，一九九八年第一次见到家严与董宁文交谈的情景："一老一少正谈得投缘。客人完全陌生，壮实的毛头小伙，不像大学生，亦青春扑面……那都是属于文学圈里的人和事，关于书，关于传承文化历史的意义……可面前这个尚有点土气的青年怎会如此谙熟甚至痴迷呢？"之后的很多年，董宁文不仅与同在南京的杨苡私交甚笃，遇到杨老有访客、活动、书稿传递等事情都会第一时间前去帮忙，董宁文与远在北京的赵蘅也成了知交。

董宁文说，别看他做起事来，有点迂腐，但他内心一直相信——只要认真做事，就一定会有回报。"很多文化老人已经仙逝，但我与他们的子女、甚至保姆都保有良好的沟通和交往，这也算我以诚待人的一个收获吧。"

在董宁文看来，没有谁需要巴结谁。"人同此心，心同此理，以诚心换真情，是我作为编辑的必要素质，连通读者和作者。在我眼里，著名学者季羡林和下岗工人作家，一视同仁。"这次，"开卷书坊"第六辑出版了王成玉的《书话点将录》，董宁文在自己的微信朋友圈推荐了好几回，点评说"成玉新书可下酒"。他告诉记者，王成玉的文章，写得特别独到。王成玉从小喜欢看书、热爱钻研，并且有传统文化情怀。早在成为作家之前，王成玉是酒店里的高级面点师，通过自身的努力与董宁文的鼓励，他才接二连三地出了好几本书。

近期，除了装帧新颖、同《现代汉语词典》一样厚实的《〈开卷〉二〇〇期》算是一个节点，"开卷书坊"
策划、编辑的系列书籍还在继续，包括"开卷读书文丛"
"开卷闲书坊""开卷书坊""开卷文库""开卷随笔文丛"
"开卷艺坊""问津文库·随艺生活丛书"等。下一步，
董宁文有一个梦想——出版自己的日记，将他与各界名
人名家交往点滴刊载出来，以飨读者，"让专业或者不专
业的人来点评，共同分享我做《开卷》这些年来的收获
与乐趣。"更重要的是，在电子化浪潮冲击纸质阅读的今
天，希望《开卷》这本民间刊物能影响更多的年轻人。

　　《开卷》有个读者叫周杰，一九九五年生人，来自
浙江德清，不仅自己坚持读《开卷》，还特意到上海参
加"开卷书坊"的新书发布活动，并坐在第一排。"那
年，我在新书首发现场第一排看见，有个孩子走上前来
跟我说，他就是周杰。我心里真是激动万分啊！"董宁
文说，《开卷》坚持的意义不在于独乐乐，而在于众乐
乐。"我相信，纸质阅读不会消亡。中国的传统文化总
有人继续，一代新人换旧人。《开卷》就是为了给这些
作者、读者提供一个论道的平台，为中华文脉传承尽点
绵薄之力。"

原载《文汇报》二〇一七年九月二十四日

# 后记

　　《闲话开卷》是《开卷闲话》自二〇〇三年十月在"开卷文丛"第一辑中亮相之后，经过十五年，陆续出版了第二本续编，一直到二〇一六年出满十编之后，稍稍停顿了一年多之后，以《闲话开卷》的新书名再出发，所谓新瓶装老酒是也。

　　《开卷闲话十编》二〇一六年八月在上海书展与读者见面后，读者以及《开卷》的不少作者对于"闲话"今后是继续出，还是不出，都提出了不少的建议与意见，这里面部分有代表性的意见我在十编后的"闲话"中有所记载，这里就不重复叙述了，有兴趣的读者当能从这本《闲话开卷》中读到一二。

这次这个书名，我觉得还不错，尽管此前几位书友对续出的书名给予了相当不错的建议，但经过一年多的酝酿，还是确定用《闲话开卷》。

《开卷》还在一如既往地编印，闲话还在每期一篇地写着，那么《闲话开卷》也就自然而然地应运而生了，想必《开卷》的读者、作者大多也会对我的这个想法持宽容接受的态度吧。

现在还想透露一个想法，就是如果《闲话开卷》能够像已出的十本《开卷闲话》那样，还能一年一本地出下去的话，可能十年后的景象会更有意思。当然，十年的时间还是比较漫长的，我现在无法想象这本书能够怎样走下去，或者怎样坚持下去，但我可以想象一定会像以往一样，一步一个脚印地往前走，就如杨绛先生二〇一五年四月为《开卷》创刊十五周年题词所说的那样：稳步前进。至于能走到哪里，那一定是天时地利人和使然了，或者说是作者、读者、编者多方努力才能走得远些、更远些了。

这一年多里，《开卷》的一些老作者也与以往过去的一些年一样，陆续走入了历史的深处，但他们在《开卷》中留下的文字或者印记也同时进入了《开卷》的记忆深处，去年印出的《〈开卷〉二〇〇期》那本厚达一千五百页的纪念文集中，见证了《开卷》这本小刊物的似水流年以及它所涵盖的人文气息。

这本书前的五篇序，作者的文风、文笔虽各有千秋，但闲话意蕴尽在其中。五位作者的学术背景与研究领域各不相同，有的又有所重叠，他们与《开卷》结缘的时间有长有短，虽然都不是早期的结缘者，但也至少在十年左右了，缘分均不浅。其中的邵建先生和韩石山先生至今都不曾谋面，但并不影响我们的交流与碰撞。翁思再先生虽然也只见过一面，但彼此的师友之间的交集并不少，为了写这篇序，思再先生与我交流了很多次，并且还通过一次较长时间的电话，其严谨的为学作风可窥一斑。郑雷与许宏泉两位老兄见面的机会却不少，每每从他们的言谈中获益良多。至于各位的学术研究、治学风范以及创作成果我就不多作介绍了，相信读者朋友比我更加了解。我只想说，他们各位对《开卷》的支持与厚爱我是铭记于心的。

我不认识刘涛先生，但我知道他，也知道先生与唐吟方兄的师生之谊，这次"开卷书坊"第七辑的六本书名就想到请刘涛先生题写，先生应允了，非常感谢，自然也感谢老友吟方兄的转请之功！

就写这些吧，谢谢看到这本"闲话"的读者，谢谢长期以来支持、帮助、鼓励我的师友们，谢谢你们，让我不断增添走下去的信心与动力。

二〇一八年五月九日午间漫记于金陵南郊开卷楼晴窗

策 划

宁孜勤

主 编

董宁文

**图书在版编目(CIP)数据**

闲话开卷/子聪著.—上海:文汇出版社,
2018.8
(开卷书坊/董宁文主编.第七辑)
ISBN 978 - 7 - 5496 - 2662 - 5

Ⅰ.①闲… Ⅱ.①子… Ⅲ.①随笔-作品集-中国-
当代 Ⅳ.①I267.1

中国版本图书馆 CIP 数据核字(2018)第 138818 号

---

## 闲话开卷

策　　划 / 宁孜勤
主　　编 / 董宁文
书名题签 / 刘　涛
篆　　刻 / 韩大星

作　　者 / 子　聪
特约审读 / 卢润祥
责任编辑 / 鲍广丽
封面装帧 / 观止堂_未氓

出版发行 / 文汇出版社
　　　　　 上海市威海路 755 号
　　　　　 (邮政编码 200041)
经　　销 / 全国新华书店
排　　版 / 南京展望文化发展有限公司
印刷装订 / 上海天地海设计印刷有限公司
版　　次 / 2018 年 8 月第 1 版
印　　次 / 2018 年 8 月第 1 次印刷
开　　本 / 889×1194　1/32
字　　数 / 120 千字
印　　张 / 8.75

ISBN 978 - 7 - 5496 - 2662 - 5
定　　价 / 42.00 元